누가 뭐래도 해피엔딩

초판 1쇄 인쇄 2019년 5월 22일
초판 1쇄 발행 2019년 6월 3일

지은이 크리스틴 해밀 옮긴이 윤영

펴낸이 이상순 주간 서인찬 편집장 박윤주 제작이사 이상광
기획편집 이세원 박월 이주미 디자인 유영준 이민정
마케팅홍보 이병구 신희용 김경민 경영지원 고은정

펴낸곳 (주)도서출판 아름다운사람들
주소 (10881) 경기도 파주시 회동길 103
대표전화 (031) 8074-0262 팩스 (031) 955-1083
이메일 books777@naver.com 홈페이지 www.books114.net

리듬문고는 (주)도서출판 아름다운사람들의 청소년 브랜드입니다.

ISBN 978-89-6513-543-2 73840

The Best Medicine
First published in Ireland under the title The Best Medicine by Little Island Books in 2016
© Christine Hamill 2016
The author has asserted her moral rights.
Korean language edition © 2019 by BeautifulPeople Publishig
Korean translation rights arranged with Little Island Books Ltd c/o Ivan Fedechko Agency through EntersKorea Co., Ltd., Seoul, Korea.

이 책의 한국어판 저작권은 엔터스코리아를 통해 저작권사와 독점 계약한 (주)도서출판 아름다운사람들에 있습니다.
이 책은 신저작권법에 의하여 보호를 받는 저작물이므로 무단 전재와 복제를 금합니다.

이 도서의 국립중앙도서관 출판예정도서목록(CIP)은 서지정보유통지원시스템 홈페이지(http://seoji.nl.go.kr)와 국가자료종합목록시스템(http://www.nl.go.kr/kolisnet)에서 이용하실 수 있습니다. (CIP제어번호: CIP2019009352)

파본은 구입하신 서점에서 교환해 드립니다.

누가 뭐래도
해피엔딩

크리스틴 해밀 지음
윤영 옮김

리듬문고

필립

최고의 코미디언이 되고 싶은 열두 살 소년. 같은 학교에 다니는 루시를 남몰래 흠모하며, 덩치 큰 설인에게 매일 괴롭힘을 당하는 신세다. 남을 웃기기 위해 항상 연습을 게을리하지 않지만 자기 농담이 먹히지 않으면 크게 당황하는 연약한 정신력의 소유자. 이후 학교와 집에 연달아 시련이 닥치자 자기만의 농담과 유머로 상황을 극복하려고 노력한다.

캐슬린

필립의 엄마. 항상 하이에나처럼 크게 웃고 화장을 하지 않고는 절대 집 밖을 나가지 않을 만큼 외모 가꾸기를 좋아하며 허영심이 많다. 그러나 위기가 닥쳐오고, 점점 변해 가는 몸 때문에 심한 스트레스를 받으며 필립과 주변 사람들을 걱정하게 한다.

앙

필립의 절친. 원래 이름은 엔젤이었는데 날개는 어디 있냐는 필립의 놀림을 더는 참지 못하고 아무 뜻도 없는 앙으로 개명했다. 세상에서 먹는 것을 가장 좋아하고, 길바닥에서 굶어 죽을 것이 두려워 항상 초콜릿 바를 주머니에 가득 채우고 다닌다.

루시

필립이 짝사랑하는 여자 아이. (필립의 묘사로는) 눈부신 금발에 완벽한 여신 미모의 소유자다. 필립을 탐탁찮게 생각하며 그가 바보짓을 할 때마다 친구들과 키득거리지만, 그런 모습마저도 필립의 마음을 설레게 하는 마성의 매력을 지녔다.

설인

원래 이름은 에디 리틀이지만 높이 180센티미터, 너비 180센티미터의 거대한 몸집과 길게 늘어뜨린 앞머리 때문에 필립이 설인이라고 부른다. 필립의 돈을 빼앗고 괴롭히는 등 필립의 학교생활 최대 천적이다.

홀리

루시와 껌딱지처럼 붙어 다니는 친구. 루시와 마찬가지로 필립을 탐탁잖게 생각한다. 이를 못마땅하게 여긴 필립이 친구들 무리와 우르르 몰려다니는 홀리에게 미어캣이라는 별명을 붙였다.

수지 아줌마

엄마의 친구. 집에만 누워 있는 엄마를 돌봐 주고, 필립을 데리고 하루 종일 안경 쇼핑을 해서 필립이 차라리 맹인이 되는 게 낫겠다고 생각할 정도로 살뜰히 챙겨 준다. 가끔은 온 집 안을 돌아다니며 잔소리를 할 때도 있지만 엄마와 필립에게 없어서는 안 될 존재다.

케이시 부인

필립의 옆집에 사는 나이 든 부인. 성격 나쁜 치와와 한 마리를 키우고 있다. 치와와가 필립의 인형을 물어뜯은 이후 필립이 치와와 부인이라고 부른다. 처음에는 자기 개를 싫어하는 필립을 별로 좋아하지 않았지만 어떤 사건을 계기로 필립을 측은하게 여기게 되고, 먹을 것도 가져다준다.

차례

1. 설인, 또 다른 나쁜 일　　　　　　　　　10

2. 코미디언, 감을 잃다?　　　　　　　　　17

3. 양은 절대 엔젤이 아니야　　　　　　　25

4. 피핑 톰　　　　　　　　　　　　　　　30

5. 덴장, 모대 딘따 시더　　　　　　　　　37

6. 시 짓기는 어려워!　　　　　　　　　　45

7. 눈물 나는 선물　　　　　　　　　　　57

8. 루시의 환영　　　　　　　　　　　　61

9. 불면증	72
10. 청소해야 해, 청소	77
11. 뚱뚱이와 멍청이	84
12. 성자 필립	91
13. 엄마의 비밀	102
14. 침묵 요법	115
15. 점심시간의 영웅	122
16. 긍정적으로 생각하기	130

17. 집으로 138

18. 재앙의 미다스 왕 143

19. 비밀과 거짓말 153

20. ASS 161

21. 엄마의 베개 165

22. 절박한 조치 170

23. 내 인생은 액션 영화가 아니야 178

24. 규칙은 규칙입니다 183

25. 앵그리 부인   **189**

26. 즐거운 축제   **198**

27. 굉장한 열기   **203**

28. 돌아와! 엄마!   **208**

29. 비밀 작전   **215**

30. 최고의 약   **220**

31. 빛나는 순간   **233**

32. 새롭게 태어난 설인   **241**

1
설인, 또 다른 나쁜 일

나쁜 일들이 차례로 일어나기 시작했다.

처음엔 거의 알아차리지도 못했다. 워낙 사소했기 때문이다. 엄마는 코코팝스 대신에 오트밀 같은 이상한 시리얼을 사 오셨다. 그다음엔 주스였다. 엄마는 실수로 주스 대신 병에 든 물을 사 오셨다.

얼마 안 가 엄마는 이상한 책을 읽기 시작했다. 마음의 평온을 유지하는 방법에 대한 책이었는데, 그 훈련법들은 반드시 내가 도와드려야만 할 수 있는 것들이었다.

예를 들어 나는 엄마가 딸기에 박힌 씨를 들여다보며 '내적 자아'를 진정시키는 동안 15초에 한 번씩 쨍쨍 소리가 나는 조그만 벨을 울려야 했다. 이 딸기 씨 수련법은 꽤 효과가 있는 것 같았지만, 엄마를 완전히 진정시키기엔 부족했다.

그로부터 한 일주일 후 나는 나의 롤 모델이자 최고의 코미디언인 해리 힐의 TV 쇼를 보며 노래에 맞춰 쟁쟁 하고 벨을 누르고 있었다. 그런데 엄마가 거실 건너편에서 내게 《마음의 평온을 찾는 101가지 방법》을 집어던지며 당장 그 시끄러운 벨 소리 좀 멈추라고 소리쳤다. 안 그러면 나를 입양 보내겠다는 말까지 했다. 나는 내 귀를 의심했다. 그 노래는 누구나 좋아하는 건데!

그 후 난 방으로 가서 '마음의 평온을 찾는 법 89번'을 연습했다. 책에서는 '난 토스트에 치즈 없는 거 안 좋아해요'처럼 부정적인 표현을 써서는 안 되며, 무엇을 좋아하는지에 대해 말하는 버릇을 들이라고 했다. 난 그렇게 해 보려고 엄청나게 노력했지만, 도저히 불가능했다. 토스트에 치즈 없는 게 진짜 싫은데 어쩌라는 거지?

어쨌든 난 그 책을 계속 갖고 있었다. 나쁜 일이 연이어 일어났을 때 도움이 될지도 모른다고 생각했기 때문이다. 그리고 내 생각이 맞았다. 바로 다음 날, 엄청난 재앙이 일어나고 말았다.

그때 나는 뭔가 골똘히 생각하면서 미술 수업을 받으러 걸어가고 있었다. 그런데 갑자기 머리가 덥수룩하고 덩치가 큰 그 '설인' 자식이 나타나 내 멱살을 움켜쥐더니 목을 졸랐다.

난 뭔가 긍정적인 말을 떠올리며 마음의 평온을 찾으려 애썼다. 하지만 당신이 한번 생각해 보라. 누군가 어마어마하게 큰 소시지 같은 손가락으로 목을 감싸 쥐고 있는데 과연 긍정적인 마음을 얼마나 오래 품을 수 있을지.

난 소시지를 좋아하기 때문에 '난 소시지를 좋아해'라고 말하려 했다. 그러나 나는 설인의 손가락을 콩이랑 감자칩과 곁들여 먹는 내 모습을 떠올리고 말았고, 그것이 역효과를 일으켜 굉장히, 굉장히 평온하지 못한 상태가 되고 말았다.

더 이야기하기 전에 지금 여기서 전 세계 설인들에게 사과를 하고 싶다. 안 그래도 설인들은 언론 등에서 안 좋은 소리를 듣고 있는데 나까지 거기에 가담하게 되어 정말 죄송하게 생각한다. 하지만 나를 괴롭힌 그 녀석, 에디 리틀은 설인과 진짜 닮았다.

에디 리틀은 엄청나게 크고 뚱뚱한 불량배인데, 앞머리를 길게 내려서 늘 눈이 보이지 않는 상태로 돌아다녔다. 그러면서 본인이 어디로 가는지 제대로 보고 싶어서 앞머리를 짧게 자른 나 같은 평범한 사람들을 공포에 떨게 했다. 나처럼 안경이라도 썼으면 지금보다 앞이 잘 보였을 텐데. 어쨌든 이 이야기는 그만하고 목 졸린 상황으로 돌아가자.

공격을 받았을 때 난 아마 혼자 웃고 있었을 가능성이 크다. 아, 그렇다고 내가 혼자 킥킥거리면서 돌아다니는 이상한 괴짜라는 건 아니다. 이 몸은 이래 뵈도 코미디언이다. 뭐 아직 코미디언이 된 건 아니지만, 나중에 크면 꼭 해리 힐 같은 코미디언이 될 거다. 대머리인 점만 빼고. 그러므로 나는 코미디 연습을 하느라 나 스스로에게 농담을 자주 던진다.

하지만 아쉽게도 설인들은 농담을 좋아하지 않는다. 그들은 사람들의 목을 조르는 걸 더 좋아한다. 난 그 설인 자식이 어디에서 나타났는지조차 몰랐다. 살금살금 다가와 못된 짓을 하는 불량배, 그가 그런 스타일이었다. 그런데 이 점이 또 상당히 인상적이다. 왜냐하면 그는 열네 살밖에 안 됐지만 벌써 높이가 180센티미터에 가깝고 너비도 180센티미터 정도 되기 때문에 (좀 과장이긴 하다) 몰래몰래 움직인다는 게 그에게는 엄청난 일이었기 때문이다.

"뭐가 그렇게 웃겨?"

그가 꿀꿀거리며 물었다. 불량배들은 왜 늘 꿀꿀거리는 걸까? 불량배 클럽에서 다 같이 배우는 건가? '규칙 하나, 무슨 일이 있어도 상대방이 너희 말을 알아듣고 너희가 원하는 걸 바로 줄 수 있도록 또렷하게 말을 하면 안 된다. 늘 꿀꿀거려라. 그래야 상대의 고통을 더 연장할 수 있다.' 뭐 이런 건가?

심리전, 바로 그거였다. 난 그의 꿀꿀거리는 전략이 제네바 협약에 근거하여 불법일지도 모른다는 말을 해야 하나 어쩌나 고민했다. 하지만 그가 내 목을 너무 세게 움켜쥐어서 내 편도

선이 콧구멍으로 튀어나올 위험에 처해 있었기 때문에, 역사 수업은 도저히 불가능한 상황이었다.

"억, 윽, 점침, 가빡."

난 이렇게 말했다. 오리지널 질식어를 변역해 보자면 '점심 밥값은 가방에 있다. 가져가라'라는 뜻이다.

설인은 내 말뜻을 정확히 알아들었다. 녀석은 나를 놓고 책가방을 낚아채더니 내 점심 밥값을 홱 꺼내서 자기 주머니에 집어넣고는 터덜터덜 사라졌다. 그렇게 나는 미술 수업에 늦었다.

"늦었구나."

프랭크 선생님이 말했다.

선생님은 자기가 뻔한 말하기의 달인이라는 걸 혹시 알고 있을까?

"너는 지각이 버릇이구나, 필립."

"죄송해요, 선생님."

난 평소 목소리로 말하려고 했지만 어쩐지 고음으로 빽빽거리는 소리가 나왔다. 마치 돌고래가 보내는 고주파 신호처럼 말이다. 내 목소리는 요즘 늘 그렇다.

그리고 바로 그때 다음 나쁜 일이 벌어졌다. 루시 웰스가 나를 보고 웃음을 터트린 것이다. 여자애들 청각 주파수는 돌고래의 주파수와 같은 게 분명했다. 모든 여자애들이 내 목소리를 듣고 웃기 시작했고, 얼마 안 가 교실 전체가 내 실수를 재미있어하고 있었다.

하지만 가장 속상한 건 루시 웰스의 웃음이었다. 루시는 미술 교실에서 만날 수 있는 금발 여신이다. 이렇게 말하면 좀 멍청해 보일 테고 나를 상사병 걸린 후줄근한 멍청이로 볼까 봐 걱정도 되지만, 일단 루시 웰스를 보면 내가 왜 이렇게 말하는지 알 수 있을 것이다. 그 애는 완벽 그 자체다.

그 애는 머리카락도 아름답고, 치아도 아름답고, 눈도 아름답고, 귀도 아름답고, 손도 아름답다. 심지어 손가락 관절도 아름답다. 누군가 수업에 지각했거나 선생님께 혼날 때, 그걸 보고 키득거리는 모습마저 아름답다.

아, 깜빡한 게 하나 있다. 그 애는 날 싫어한다. 내 절친 앙(이상한 이름인 거 안다. 나중에 설명하겠다)은 내가 루시를 좋아한다는 걸 아는 유일한 인물이다. 언젠가 점심시간에 나는 앙에게 루시가 나를 보고 웃은 것 같다고 말했다. 하지만 사실 루시는 내 뒤에 있는, 나보다 한 학년 위의 남학생을 보고 웃었던 거였다. 그걸 설명하자 앙이 웃으며 말했다.

"네 뒤에 있으면서 동시에 네 위라고? 그것 참 어렵겠는데?"

"삼차원적인 도전이지."

내가 대답했다.

"상처 입은 소년을 위한 삼차원적인 도전."

"너도 상처 입었잖아."

우린 같이 웃음을 터트렸다. 그땐 그래도 좋은 시절이었다.

"필립! 내 말 듣고 있니? 너만의 세상에 빠진 거니?"

프랭크 선생님이 말했다.

"네, 아니요, 맞아요."

나도 마음만 먹으면 이렇게 내 생각을 또렷하게 전달할 수 있다.

"연달아 3주째야. 미안하지만, 필립, 수업 끝나고 또 남아야 겠구나. 교칙이라서 어쩔 수 없어."

"죄송해요, 선생님. 오는 길에 문제가 있어서 그랬어요."

나는 앙 옆자리에 앉으며 그에게 속삭였다.

"정말 문제가 있었어."

"설인 때문에?"

앙이 물었다. 내가 고개를 끄덕였다.

"응, 녀석이 내 배낭을 뒤졌어."

"설인이 네 뒤낭을 배졌다고?"

"아니, 내 뒤젖을 낭낭했어."

"네 뒤젖을? 으, 변태!"

우리는 선생님 앞에서 갑자기 빵 터지고 말았고, 결국 같이 방과 후에 남아야 했다.

그런데 나쁜 일은 여기서 끝이 아니었다.

코미디언, 감을 잃다?

집에 돌아가자 거의 다섯 시가 다 되어 있었다. 나는 매우 피곤했다. 설인이 내 점심 밥값을 가져갔기 때문에 배도 고팠다. 그래서 '학교 다닐 때가 인생에서 제일 행복한 때'라는 엄마의 설교를 들을 기분이 전혀 아니었다.

내가 방과 후에 남았다가 오면 엄마는 늘 이런 식으로 말하는데, 난 진심으로 어른들이 이런 말을 해서는 안 된다고 생각한다. 아이들에게 삶에 대한 비뚤어진 생각을 심어 줄 수 있기 때문이다. 한 60년 뒤에 인생에 뭔가 기대할 만한 일이 기다리고 있는 '척'이라도 해 줄 수는 없는 걸까?

어쨌든 난 학교에 입학하기 전이 인생 최고의 시절이라고 생각한다. 숙제나 불량배나 여신 같은 건 들어 본 적도 없는 시기 말이다.

 난 오래된 곰 인형 플러펑턴 경을 찾아내서 이불 안에 기어 들어가 지난 어린 시절의 냄새를 들이마시고 싶은 심정이었다. 하지만 그럴 수가 없었다. 집에 도착했을 때 엄마가 현관에서 기다리고 있었기 때문이다.

 엄마는 나를 거실로 데리고 가서 소파에 앉히더니 집에서 만든 빵과 차가 담긴 쟁반을 내 앞에 놓았다. 잠깐, 학교에서 벌을 받았는데 차와 빵을 내주다니, 이게 대체 무슨 상황인지 계산이 되지 않았다.

 그리고 또 하나, 엄마가 진짜 심각하고 진짜 곤란한 이야기를 할 것 같은 표정을 짓고 있었다. 마치 어린 아들에게 성(性)에 관한 진실을 알려 줄 것만 같은 표정. 절대로 잊지 못할 것 같은 표정. 성에 대한 내용이라면 내가 이미 다 알고 있다는 걸 정말 모르는 걸까? 제발, 지금 엄마가 하려는 게 성교육만 아니면 좋겠는데.

 난 빵을 빤히 쳐다보았다. 빵은 부풀어 용기 밖으로 터져 나와 있었고 가장자리가 까맣게 변해 있었다. 어떤 것들은 설탕이 입혀져 있었는데, 짐작건대 탄 부분을 가리려고 설탕을 이용한 듯했다. 엄마는 원래 좀처럼 빵을 굽지 않으신다. 나는 엄마를 쳐다보았다. 그리고 도대체 무슨 일인지 알아내기 위해 고심했다. 엄마는 아무 말도 하지 않았다. 그저 나를 섬뜩한 표정으로 쳐다보고만 있었다. 마치 나를 처음 보는 것 같은 눈빛으로 말이다.

"무슨 일이에요?"

아무래도 빨리 시작해야 빨리 끝날 것 같아서 먼저 물었다.

"아무것도 아니야."

엄마가 대답했다.

흠, 그건 사실이 아니었다. 확실히 뭔가 있었다. 엄마가 빵을 구웠다는 게 결정적인 근거다.

"할 말 있으시잖아요."

"역시 수사관 눈은 못 속이겠네."

엄마는 미소를 짓는 것 같았지만, 목소리는 살짝 떨리고 있었다. 아직 준비가 안 됐는데 노래를 불러야 할 때처럼. 그렇다. 엄마는 가끔 아무 이유 없이 불쑥 노래를 부를 때가 있다. 그리고 나는 그게 매우 거슬린다.

엄마는 말을 하려고 다시 입을 열었지만, 다 쉬어 버린 목소리가 나와서 잠시 멈췄다.

"기름칠 좀 하셔야겠네요. 삐거덕거리는 소리가 나네."

내가 말했다. 세상에서 가장 재미있는 개그는 아니었지만, 엄마는 내 최고의 팬이다. 농담이 아무리 구려도 최고의 팬이라면 듣고 웃어 주지 않는가. 그래서 나도 엄마가 웃어 주길 기대했는데, 이런…… 엄마는 울음을 터트리며 계단을 뛰어 올라가 화장실 문을 걸어 잠갔다.

 잠깐, 우리 집 화장실 문에는 자물쇠가 없는데.

 나도 이제 다 컸으니 사생활이 필요하고, 엄마도 중년 여성이니까 엄마의 사생활이 필요하다고 그렇게나 졸라 댔는데도 엄마는 듣는 체도 하지 않았었다. 지금까지는.

 난 계단을 올라가 화장실 문 앞에 섰다. 문손잡이를 만져 보니 역시나 잠겨 있었다. 내 조언으로 자물쇠를 설치하고는 나한테 한마디 말도 안 하다니.

 안에서는 콧구멍으로 뇌를 풀어 버리려는 듯 코 푸는 소리가 엄청나게 크게 들렸다. 나는 엄마가 화장실에서 뭐 하고 있는지 엿듣는 게 별로인 것 같아서 손잡이를 마구 흔들었다. 내가 여기 있다는 걸 알리려고 말이다.

 "금방 나갈게."

 엄마가 푸엥 콧물을 풀면서 말했다.

 "가서 빵 먹어. 통밀로 만들었어."

 난 아래층으로 내려가 설탕 입힌 빵을 집어 들었다. 그리고 엄마의 기분을 풀어 줄 새로운 농담을 생각했다.

 마침내 엄마가 내려왔다. 엄마 눈은 새빨갛고 통통 부어 있었다. 그제야 나는 뭔가 잘못되었다는 걸 깨달았다. 저 통통 부은 눈은 아빠가 떠났을 때 보였던 그 눈이었다.

 "무슨 일이에요?"

난 애써 밝은 목소리로 물었다. 혹시 아빠가 다시 나타나서 엄마를 속상하게 한 건 아닐까 하는 생각이 들었다. 난 벌써부터 머릿속으로 어떻게 아빠를 쓰러뜨려서 정신을 잃게 만든 뒤 내다 버릴지 계획을 짜고 있었다.

"건초열이야. 알레르기."

엄마는 이렇게 말하고는 빵 하나를 더 건넸다.

건초열? 흠, 처음 듣는 단어군. 난 평소 자주 하는 아주 과장된 몸짓으로 엄마를 위아래로 살폈다. 그리고 손가락을 내밀고 수사관 같은 목소리로 이렇게 말했다.

"건초는 안 보이는데요."

난 엄마의 이마를 손으로 짚었다.

"열도 없습니다. 그렇다면 결론은 이것뿐이에요, 부인. 당신은 거짓말을 하고 있습니다."

엄마는 웃지 않았다. 난 개그감을 잃어 가고 있었다. 엄마는 고개를 돌려 커튼만 쳐다보았다. 마치 커튼이 지금까지 살면서 본 것 중 가장 흥미로운 것이라도 되는 듯 말이다.

"해리 힐 DVD, 보고 싶으면 봐도 돼."

엄마는 원래 내가 숙제를 다 할 때까지 절대로 TV를 못 보게 한다. 무슨 일이 있는 게 분명했다.

평소에 나는 해리 힐 DVD를 보면서 자지러지게 웃는데, 그날은 집중할 수가 없었다. 생각이 자꾸 딴 데 팔렸다. 엄마가 화장실 자물쇠를 달았고, 빵을 구웠으며, 그것도 모자라 내 농담에 눈물을 쏟았다. 이게 다 무슨 의미일까? 그리고 나는 이제 어떻게 해야 하는 걸까? 더는 사람들을 웃기지 못한다면 내 인생 계획은 통째로 망한 거다. 스탠드업 코미디 순회공연, TV 출연, 엄마를 위한 시골의 으리으리한 별장. 이 모든 걸 다시 고민해야 한다는 뜻이다.

난 좋은 영감이 떠오르길 기대하며 DVD를 10분 더 보았다. 그래도 별 아이디어가 떠오르지 않자 숙제를 하러 갔다. 역사 숙제로 종교 개혁에 대한 자료를 찾아야 했지만 다른 데 정신이 팔려 컴퓨터 앞에 앉아서 해리 힐에 대해 검색했다. 그의 천재성이 나에게 옮아올 수 있지 않을까 하는 기대를 하며 그의 홈페이지에도 가 보았다.

엄마는 늘 입버릇처럼 '위대함이 위대함을 불러일으킨다'고 말했다. 그러니 엄마도 내가 이러는 걸 이해해 줄 거다. 나는 해리 힐과 가까워진다면 내 개그 감각도 돌아올 거라는 확신이 들었다.

그리고 바로 그때 이 기막힌 아이디어가 떠올랐다.

해리 힐에게 연락할 수 있는 주소를 찾기까지 시간이 좀 걸렸다. 나는 연예 기획사 주소 하나와 팬레터 보내는 주소 하나를 찾아냈다. 난 기획사로 편지를 보내기로 했다. 아마 팬레터는 매주 몇 톤씩 도착할 테니 해리 힐이 내 편지를 읽으려면 몇

세기가 걸릴 수도 있을 것이다. 그렇지만 제정신인 사람치고 기획사로 직접 편지를 보내는 사람은 없을 테니 내 편지는 금방 눈에 띌 것이다.

난 프린터에서 종이 한 장을 꺼내 해리 힐에게 편지를 쓰기 시작했다.

자신의 우상에게 편지를 쓰면서 미친놈처럼 보이지 않게 하는 게 얼마나 어려운 일인지, 사람들은 아마 모를 거다.

처음엔 이렇게 시작했다. '해리 힐 씨에게. 당신은 저를 모르시겠지만 저는 당신을 압니다.' 발랄한 열두 살 소년이 도움을 요청하는 귀여운 글보다는 정신 나간 사이코 스토커가 쓴 협박 편지 느낌이 났다. 그래도 다 쓰고 나니 내가 봐도 꽤 잘 쓴 것 같다.

해리 힐 씨에게

TV와 홈 비디오를 보느라 바쁘시겠지만 제발, 제발 잠시만 시간을 내어 저를 도와주세요.
저는 열두 살짜리 소년이고, 커서 세계 최고의 코미디언이 될 계획이에요. 그런데 최근에 제가 개그 감각을 잃은 것 같아요. 혹시 해리 힐 씨의 농담을 듣고 우는 사람을 본 적 있으신가요? 만약 그런 적이 있다면 그 문제를 어떻게 극복하셨나요?
 꼭 답장 주세요. 저는 정말 정말 절실하게 아저씨의 도움이 필요합니다.
 그럼 이만…….

필립 라이트

③ 앙은 절대 엔젤이 아니야

앙의 이름 이야기를 해야 할 것 같다. 그의 원래 이름은 바로, 엔젤(Angel, 천사)이다. 진짜다. 그리고 발음은 앙-헬(Ang-hell)이라고 한다. 아니, 도대체 어떤 부모가 자기 자식 이름을 앙헬로 짓는단 말인가?

"스페인식 이름이야. 우리 아빠 이름도 앙헬이지. 아빠 이름을 딴 거야."

앙이 말했다.

"맙소사. 그럼 엄마 이름은? 세인트(Saint, 성인)야?"

"엥카르나시온(Encarnacion, 예수 그리스도)."

난 앙의 엄마 이름도 이상하다고 생각했지만 가만히 있었다. 왜냐하면 당시에는 앙을 잘 몰랐기 때문이다. 앙은 우리 동네

25

로 이사 온 지 얼마 안 된 상태였고, 나는 그 애랑 친해지려고 노력하고 있었다. 앙이랑 친해지려고 한 건 엄마가 그러라고 시켰기 때문이기도 했고, 당시 여름방학이라 같이 축구를 할 친구가 하나도 없었기 때문이기도 했다.

"앙-헬. 부르기가 힘든데."

내가 말했다.

"뭐 때문에?"

"뭐랄까, 약간 종교적이랄까? 음, 그리고 날개가 있을 것만 같은 느낌?"

난 주먹이 날아오는 걸 미처 보지 못했고, 앙의 주먹은 내 배를 강타했다.

이런! 이름 장난이 앙헬을 굉장히 거슬리게 한 모양이었다. 그 사실을 증명이라도 하듯 그는 또 한 번 나에게 주먹을 날렸다. 그래서 나도 녀석을 한 대 쳤다. 그렇다. 우리는 온 힘을 다해 주먹다짐하고 있었다.

새 이웃을 반겨 주는 멋진 환영 방법이랄까!

우리는 그 이후로 절친이 되었다. 나는 코피가 났고, 앙은 눈에 멍이 들었다. 난 앙의 멍든 눈이 꽤 부러웠다. 코피는 바로 씻겨 나가니까 별로 인상적이지가 않다. 반면 멍든 눈은 며칠이나 간다. 사람들은 한동안 왜 멍이 들었는지 물어보며 엄청난 동정과 관심을 보낼 것이다. 이 얼마나 불공평한가. 앙에게

명을 만들어 준 건 나인데 그 모든 영광을 앙 혼자 독차지하다니.

그 후로 우리는 '앙-헬 문제'를 함께 해결하기로 했다. 우린 9월에 같은 중학교에 입학하기로 되어 있었는데, 앙은 더 이상 '날개는 어디 있냐?'는 농담을 받아 줄 수 없다고 말했다.

처음엔 그는 이름을 브라이언으로 바꾸려고 했다. 하지만 내가 브라이언이라고 부를 때마다 앙은 그게 자기 이름인지 알아채지 못했다. 자기가 브라이언이라는 사실을 자꾸만 잊어버리는 것이었다. 그때 우리는 깨달았다. 새 이름은 원래 이름과 뭔가 비슷해야 한다는 걸 말이다.

"앵거스는 어때?"

내가 제안했다. 앵거스는 평소에 내가 늘 마음에 들어 하던 이름이었다.

"싫어. 젖소 이름 같지 않냐?"

"그건 애버딘앵거스(고기소의 한 품종: 역주)야. 완전히 다르다고."

난 앵거스가 정말 괜찮다고 생각했다.

"그래도 싫어. 너무 젖소 같아서 별로야."

"그럼 이름을 짧게 부르자. 앙이라고."

그러자 앙헬은 혼자 쩝쩝거리며 먹고 있던 초콜릿 바를 씹는 걸 잠시 멈추곤, 아주 서늘한 눈빛으로 나를 바라보았다. 그러더니 뭔가 깨달은 듯 대뜸 소리쳤다.

"헐! 이름을 줄이면 되는 거였네!"

"그래, 그럼 줄여서 앙으로 하자."

"응, 그러자."

"좋았어!"

"잠깐 있어 봐."

앙은 부모님을 찾아 쿵쿵거리며 뛰어갔다.

앙의 엄마는 그 이름을 마음에 들어 하지 않았다. 그녀는 이름을 바꾼다는 것 자체가 '미친' 짓이라고 했다. 그리고 앙헬에게 왜 이름을 앙으로 줄이고 싶어 하는지 물었다.

"왜냐하면 앙에는 아무런 의미가 없으니까요."

앙은 어린 꼬맹이에게 2 더하기 2를 설명할 때처럼 또박또박 천천히 말했다. 하지만 그 설명은 실패였다. 앙의 엄마는 굉장히 빠른 스페인어로 그에게 소리를 지르기 시작했다. 마치 우다다다 기관총을 발사하는 것 같았다. 말 빨리하기 대회가 있으면 세계 1등은 따 놓은 당상이었다.

얼마 안 가 앙도 엄마와 같이 속사포 랩에 끼어들었다. 그리고 잠시 후엔 앙의 아빠가 방에 들어오시더니 아빠까지 가세했다. 엄청나게 큰 싸움이 벌어진 것 같아 걱정스러웠다.

물론 나는 그들이 뭐라고 하는지 전혀 알아들을 수 없었다. 알아들을 수 있는 유일한 단어는 '앙-헬'이었고, 내 생각에 셋은 그 단어를 너무 남용하는 듯했다.

'아니, 이것 보세요! '앙'이 '앙헬'이랑 42.195킬로미터 떨어진 것도 아니잖아요. 사실상 같은 거라고요. 그냥 쓰게 해 주세요.'

바로 그때, 셋은 일제히 소리 지르는 걸 멈추고 나를 쳐다보았다. 그제야 난 깨달았다. 내가 마음의 소리를 입 밖에 내 버렸다는 걸.

한참 침묵이 흐르고 앙의 엄마가 '씨'(sí)라고 말했다. 그게 스페인어로 '그래'를 뜻한다는 것 정도는 나도 알고 있었다.

바로 그때 앙의 아빠가 곧 질식할 것처럼 목구멍 뒤쪽에서 귀에 거슬리는 소리를 내더니 양팔을 공중으로 번쩍 들어 올렸다. 마치 '날 죽여라. 난 죽을 준비가 되어 있다'라고 소리치는 듯했다. 약간 과한 느낌이 있었지만 그래도 상당히 인상적이었다.

하지만 앙의 아빠가 아무리 그래 봤자 소용없었다. 앙의 엄마는 이미 마음의 결정을 내렸고, 아무리 질식해 죽는다고 협박해도 엄마의 마음은 변하지 않을 것 같았다. 엄마는 앙의 볼을 가볍게 꼬집으며, 스페인어로 뭔가 결정을 내리는 듯한 말을 했다.

그렇게 문제는 해결되었다. 앙은 더 이상 엔젤이 아니었다.

피핑 톰

내가 루시 여신을 다시 보기까지는 일주일이 걸렸다. 꼬박 일주일! 고통의 나날이었다.

지난 목요일에 내가 새 안경을 맞추느라 수업에 빠졌을 때, 그레이 영어 선생님이 짝사랑에 대한 시를 읽어 주셨다고 했다. 그리고 앙은 내가 짝사랑에 빠진 거라고 했다. 누군가를 사랑하는데 상대는 그 사랑을 돌려주지 않을 때를 짝사랑이라고 한다니, 정확히 나에게 맞는 말이었다.

그리고 앙은 수업시간에 읽은 시 중에서 하나가 루시라는 이름의 소녀에 대한 거였다고 했다! 난 그게 어떤 계시라고 생각했다. 생각해 보라. 사랑, 나, 시, 루시. 다 합쳐서 생각해 보면, 우린 함께할 운명인 거다.

그런데 문제는 난 그 애랑 미술 수업 시간에만 만나는데 미술 수업은 일주일에 단 한 번뿐이라는 거였다. 보통은 쉬는 시간에 학교 여기저기서 그 애와 마주치는데 이번 주에는 아무리 찾아도 모습이 보이지 않았다. 진짜 코빼기도 안 보였다. 혹시 아파서 결석했던 걸까? 세상에, 어쩌지! 심각한 일은 아니었으면 좋겠는데!

"심각한 문제면 어쩌지?"

앙에게 물었다.

"너야말로 심각해 보인다. 루시가 네 뇌를 으깬 완두콩으로 만들어 버렸나 보군."

"으깬 완두콩이 뭐 어때서?"

난 으깬 완두콩을 좋아한다. 감자칩이랑 같이 먹으면 정말 맛있다.

"그게 네 뇌 대신 들어 있어도 괜찮다고?"

앙은 이 한마디로 자기 말이 다 설명되는 듯, 이렇게만 대답하고 입을 다물어 버렸다. 그러더니 다른 교실에 두고 온 자기 체육 준비물을 찾으러 가 버렸다. 어찌 됐든 그건 앙과는 상관없는 일이니까. 여자애들은 앙을 좋아했다. 다들 그를 향해 미소를 짓고 귀엽다고 말한다. 심지어 윗 학년 누나들 중에도 그러는 경우가 있다. 나는 도대체 앙의 매력이 뭔지 모르겠는데 말이다.

앙이 없으니 심심해진 나는 여학생 사물함 주변을 어슬렁거리러 갔다. 내가 가끔 하는 짓이다. 혹시나 해서 하는 말인데, 난 관음증이 있는 변태, 뭐 그런 건 아니다. 다른 곳보다 여학생 사물함 쪽이 루시와 마주칠 기회가 많아서 그러는 것뿐이다.

루시는 언제나 거기서 친구 홀리와 수다를 떠는데, 나는 그 애가 짜증스럽다. 그 애는 보통 나를 못 본 척하고, 어떨 땐 나를 비웃고, 뭐 그런 식이다.

지난주에는 여기서 루시를 두 번이나 봤다. 안타깝게도 루시도 나를 보았고 나를 피핑 톰(엿보기 좋아하는 사람)이라고 하고는 친구와 깔깔거리며 도망쳐 버렸다. 도대체 그 톰이라는 작자는 누구란 말인가? 왜 그 사람 때문에 사랑하는 상대를 좀 바라보려는 순진무구한 어린 소년이 변태라는 꼬리표를 달아야 한단 말인가. 어휴, 사랑이 이렇게나 잔인한 것이다.

여학생 사물함 쪽엔 루시가 보이지 않았다. 대신 '저리 꺼져, 멍청아'라는 표정을 짓는 다른 여학생들의 따가운 눈초리만 잔뜩 받았다.

결국 나는 루시를 보는 것을 포기하고 앙이 체육 가방 찾는 거나 도와주러 가기로 했다. 그러나 난 멀리 가지 못했다. 뒤돌아서자마자 높이 180센티미터, 너비 180센티미터인 설인과 마주쳤기 때문이다.

"뭘 보고 웃냐, 라이트?"

"안 웃었어."

사실이었다. 난 웃지 않았다. 왜 하필이면 여기서 설인이 등장하는가 싶어 우울했다.

"아니, 웃었어. 내가 봤어."

설인은 이렇게 말하며 나를 사물함 쪽으로 밀었다. 내 머리와 어깨가 사물함 쇠문에 부딪히자 엄청나게 요란한 소리가 났고, 여학생 무리는 놀라서 소리를 지르며 무슨 일인지 궁금해했다.

그때 어이없게도 사랑스러운 루시가 바로 내 쪽을 쳐다보고 있었다. 내 발이 땅에 닿지도 못하고 매달려 있는 상태였는데 말이다. 상황이 안 좋았다. 진짜 폼 안 나는 상황이었다. 깡패에게 붙들려 대롱대롱 매달린 남자애를, 깡패의 크고 뚱뚱한 손가락 때문에 산소 공급이 중단되어 입술이 파랗게 질려가는 남자애를 과연 누가 좋아하겠는가.

'청색증 환자예요! 어서 들것을 가져와요!'

멀리서 응급실 직원이 소리치는 게 들리는 듯했다. 참고로 난 엄마랑 의학 드라마를 많이 본다.

설인은 여자애들을 둘러보며 흉측한 얼굴 위로 흘러내린 머리카락 뒤로 미소를 지어 보였다. 그리고 나를 사물함에 다시 한번 꽝 밀었다. 단순히 과시용으로.

이제 진짜 머리가 아프기 시작했다. 더 최악인 건 안경까지 바닥에 떨어졌고, 안경을 주우려고 몸을 숙였다가 설인의 손아귀에 질식해서 죽을 뻔했다는 것이다.

"한 번만 더 날 보고 웃다가 걸리면, 진짜 죽을 줄 알아."

설인은 이렇게 말하고 나를 놓아 주었다. 그러곤 뒷걸음질 치다 내 안경을 밟았다. 내 '새' 안경을. 빠직 소리도 들었다. 여자애들이 헉 소리를 냈다.

"아이고, 이런."

설인은 이렇게 말하고 그냥 돌아서서 가 버렸다.

난 부서진 새 안경을 바라보았다. 그리고 루시를 보았다. 난 완전히 이성을 잃었다. 난 내가 150센티미터에 40킬로그램도 안 나가는 약골이라는 사실을 잊어버렸다. 난 설인에게 돌진해 몸을 날렸다. 그리고 용케 녀석을 쓰러뜨렸다.

설인이 그때 아무것도 모르는 무방비 상태였기 때문에 가능했던 일이라고 앙은 말했다. 내가 워낙 힘이 없기 때문에 평소라면 절대 녀석을 쓰러뜨리지 못했을 거라고 말이다. 그래, 정말 고맙다, 앙.

자, 이런 장면을 상상하면 될 거다. 머리 긴 설인이 바닥에 얼굴을 대고 팔다리를 미친 듯이 허우적거리고 있고, 40킬로그램도 안 되는 약골이 그 위에 걸터앉아 있는 모습.

우리가 꽤 볼만한 장면을 연출했던 모양이다. 관중들이 모두 모여들어 웃고 손뼉 치며 '싸워라! 싸워라!'를 한목소리로 외친 걸 보면 말이다.

'안 돼! 싸우면 안 돼!'

난 마음속으로 필사적으로 소리쳤다.

몇 초 만에 설인은 자리에서 일어나 나를 다시 벽으로 밀어 붙여 세웠다. 녀석이 내 얼굴에 주먹을 내리꽂으려는 순간, 히긴스 생물 선생님이 나타났다.

"당장 교장실로 가!"

선생님은 이렇게 소리치며 우리를 몰고 갔다.

그리고 잠시 후 믿을 수 없는 일이 벌어졌다. 교장 선생님이 마땅히 설인을 야단치고 한 달 동안 수업 끝나고 남는 벌을 내릴 줄 알았는데, 의외로 너무 온화했다. 설인에게만! 교장 선생님은 녀석에게 고함도 치지 않았다. 그리고 우리가 좀 더 잘하기를 기대한다고 했다. 우리라니! 난 피해자인데!

그리고 가장 최악인 건 설인은 점심시간에 딱 한 번 선생님께 불려 가면 된다는 거였다. 난 또 방과 후에 집에도 못 가고 남아야 하는데 설인은 점심시간에 딱 한 차례만 주의를 받으면 된다니. 이게 어떻게 공평한 일이란 말인가?

그러고 나서 한층 더 비현실적이고 약간은 오싹하기도 한 일이 벌어졌다. 교장 선생님이 우리를 교장실 밖으로 안내하면서 설인에게 '어머니는 잘 지내시냐?'고 묻는 것이었다. 정말 그랬다. 교장 선생님이 설인 엄마에게 관심이 있다니! 으윽, 징

그러워. 난 앙에게 이 이야기를 전해 주지 않을 수가 없었다.

난 목요일 치 방과 후 벌이 아직 남아 있다는 게 떠올랐고 눈앞이 깜깜해졌다. 엄마는 길길이 화를 내실 거다. 게다가 새 안경도 부러졌으니, 엄마 얼굴을 어떻게 볼지 암담했다.

그리고 설상가상으로 엄마는 최근 정말 이상한 행동을 한다. 일은 안 하고 허구한 날 눈물을 터트린다. 무슨 문제가 있는 거냐고 물어볼 때마다 건초열 때문이라고만 대답한다. 내가 재채기하는 거랑 우는 것도 구별 못 하는 똥멍청이인 줄 아는 게 분명하다. 이런 상황에서 내가 설인이랑 안경 이야기까지 하면 엄마는 아마 완전히 무너질 거다. 엄마는 TV 드라마에 나오는 이상한 사람 같았다. 아무 이유 없이 울어 대다가 누군가를 죽이는 미치광이 같은 사람 말이다. 난 그런 일이 일어나는 건 원치 않았다.

특히나 그 누군가가 나라면 말이다.

덴장, 모대 딘따 시더

이다음에 무슨 일이 일어났는지 알면 깜짝 놀랄 거다. 바로 미술 시간에 여신이 나에게로 다가온 것이다!

처음에 난 안경을 안 써서 잘못 본 줄 알았다. 그리고 그 애가 다른 애한테 끌려서 왔거나, 밀려서 왔거나, 비명을 지르거나 하지 않았기 때문에, 설인 대 약골 싸움을 놀리러 왔겠지 싶었다. 나를 비웃을 좋은 기회를 놓치지 않으려고 말이다. 그래서 나는 내가 입안에 모래 한 숟가락을 물고 있다는 사실에 크게 신경 쓰지 않았다.

우리는 콜라주를 만들고 있었기 때문에 다양한 미술 재료가 한가득 있었다. 앙이 기막힌 아이디어가 있다며 재미있는 실험을 해 보자고 했다. 바로 입안에 뭔가를 한 숟가락씩 넣고 오래

버티는 실험이었다. 나는 모래를 골랐고, 앙은 반짝이를 골랐다.

당연히 실험을 시작하기 전에 모래와 반짝이가 무독성인지 확인을 했다. 우리가 그렇게까지 멍청이들은 아니니까. 실험의 주제는 입안에 침이 가득 고여서 다 뱉어 내기 전까지 어떤 재료를 더 오랫동안 입에 물고 있을 수 있는가 확인하는 거였다. 먼저 뱉는 사람이 지는 대결이었다.

여신이 나를 비웃으러 다가온 건 우리가 막 실험을 시작한 때였다. 그런데 이게 웬일인가? 루시는 나를 비웃지 않았다. 오히려 살짝 미소를 지으며 나에게 손을 내밀고 말했다.

"여기, 이거 흘리고 갔더라."

내가 살면서 여태 들어 본 말 중 가장 로맨틱한 말 아닌가! 난 그 애가 나에게 말을 하고 있다는 사실에 머리가 살짝 어지러워졌고, 그 애가 책상 위에 뭘 내려놓았는지도 알아채지 못했다. 난 눈을 가늘게 뜨고 뭐라고 말을 하려고 했지만, 입안에 모래가 가득 차 있어서 쉽지가 않았다.

"아, 어, 루띠, 욱. 거맙."

루시가 나를 빤히 쳐다보았다.

숨이 막혀 왔다. 바로 그때 소량의 모래가 목구멍 뒤로 넘어갔다. 진짜 토할 것 같으니까 절대로 따라 하지 말길 바란다. 난 입을 틀어막고 캑캑거리며 패닉에 빠졌다!

이러다 질식해서 죽으면 어쩌지. 사랑이 죽을 만큼 가치가 있는 걸까? 난 내 묘비명을 상상해 보았다.

자신이 사랑한 여자에게
모래의 행방을 숨기기 위해
모래를 삼켜 버리고 비극적으로 죽은
필립 라이트가 여기 잠들다

난 입을 꾹 다물었지만, 입가에서 침이 질질 새어 나왔다. 한번 새기 시작하자 멈춰지지가 않았다. 숨 쉬고 싶은 충동은 여자 앞에서 멋지게 보이고픈 충동보다 확실히 더 강력하다. 난 공기를 들이마시기 위해 입을 벌렸지만, 그 때문에 더 숨이 막혔고, 결국 난 혀를 쑥 내밀고 루시의 발에 침으로 범벅된 모래 덩어리를 꾸엑 뱉어 내고 말았다.

그건 누가 봐도 미니어처 똥 같았다. 루시는 겁에 질려 그 덩어리를 바라보았다. 난 뭐든 말을 하려고 애썼다. 하지만 입에 모래를 물고 말을 하려고 해 보라. 절대 쉽지 않다.

"므은."

이게 내가 할 수 있는 최대치였다.

"난 널 도와주려고 온 거였는데."

루시는 금빛의 긴 여신 머리카락을 내 쪽으로 휙 돌리고는 달아나 버렸다.

난 앙을 바라보았다. 앙은 종이 수건에 반짝이를 뱉어 내며 미친 듯이 웃고 있었다.

"잘했어. 그렇게 루시한테 혀를 쭉 내미는 거지. 부드러웁게."

"아, 어떠케, 이베 모대가 이떠더 그던 건데 여씬 루띠는 내가 혀를 내민 둘 알단아."

"어쨌든 루시한테 혀를 내밀긴 했잖아."

앙이 웃겨 죽겠다는 듯 발을 구르며 말했다.

"네가 그더고도 틴구냐?"

그리고 우리는 거의 숨이 막혀 죽을 듯이 웃어 버렸다.

잠시 후 나는 루시가 내 책상에 놓고 간 걸 확인했다. 내 안경이었다. 루시가 내 안경을 주워 줬는데 난 고맙다는 말도 못 했다. 루시는 다시 홀리랑 다른 친구들에게 돌아갔고, 그 애들은 미친 미어캣 가족처럼 호들갑을 떨며 루시를 둘러쌌다. 그리고 루시를 보고 뭐라 쫑알거리더니 나를 쳐다보았다가 얼른 눈길을 거뒀다.

루시는 얼굴이 새빨개져서는 험악한 표정을 지었고, 대장 미어캣 홀리는 사람을 죽일 듯한 표정이 되었다. 그들은 모두 충성스러운 미어캣이었다.

젠장! 난 제대로 실수를 하고 말았다. 여신과 친근하게 대화를 나누는 건 일생에 한 번 올까 말까 한 기회인데 정신 나간 꼬맹이처럼 모래나 먹고 있었다니.

설마 그게 가능하겠냐 싶겠지만 그날 내 상황은 점점 더 나빠졌다. 다음은 2교시 영어였다. 난 지난주 수업 때 읽었다던 시가 어떤 시였는지 너무 궁금했는데 그레이 선생님은 시 복습은 하지 않겠다고 딱 잘라 이야기했다.

우리는 다음 진도인 편지 쓰기 수업으로 넘어갔다. 편지를 형식에 맞춰서 써야 한다는데, 난 정말 이런 수업이 필요한 건지 궁금하다. 난 열두 살이고, 엄마의 서명이 없으면 가까운 구멍가게로도 수학여행을 못 가는 나이다. 형식에 맞춘 편지가 필요하다면 엄마에게 써 달라고 하면 되는 거 아닌가? 나에게 형식적인 편지 쓰기가 왜 필요하단 말인가?

하지만 선생님의 말씀을 어기고 싶지는 않았기에 나는 칠판에 적혀 있는 걸 공책에 적었다. 이게 보통 일이 아닌 것이, 나는 안경알 하나로만 칠판을 봐야 했다. 깨진 안경알로 보면 모든 게 만화경(긴 원통에 유리 조각이나 색종이를 넣어 알록달록한 형상이 나타나는 것을 관찰하는 장난감)으로 보는 풍경 같았기에 난 한쪽 눈을 감아야만 했다.

난 아직도 시에 대한 희망을 버리지 못하고 짝사랑 시에 대한 흔적을 찾아 교실을 둘러보았지만, 아무것도 찾지 못했다.

교실 벽에는 은유가 무엇인지에 대한 포스터와 여러 가지 철자 쓰는 법을 알려 주는 포스터밖에 보이지 않았다. 그래서 나는 그레이 선생님께 직접 시에 대해 물어보기로 했다. 마호메트가 산에 오지 않으면, 산이 마호메트에게 가면 된다. 이것이 바로 은유다. 보라, 내가 받은 학교 교육은 헛된 것이 아니었다.

수업이 끝나고 모두 교실을 빠져나갈 때, 난 선생님을 만나려고 기다렸다. 선생님은 날 보자 한숨을 쉬었다.

내가 원하는 걸 말하자 선생님은 이렇게 대답했다.

"시에 관심 많은 필립 라이트! 도대체 왜 이러는 거야?"

난 내가 시를 얼마나 사랑하는지에 대해 떠들어 댔지만, 선생님은 못 믿는 눈치였다.

"가끔 제가 직접 시를 쓸 때도 있어요."

난 거짓말을 했다.

"아무도 안 볼 때만요."

좀 더 진짜처럼 보이기 위해 덧붙였다.

"필립, 알고 보니 네가 이 반의 다크호스였구나!"

선생님이 웃으며 말했다.

무슨 호스? 처음 들어 본 말이지만 그게 무슨 상관인가. 그냥 시나 주시죠.

그레이 선생님은 결국 이렇게 말했다.

"흠, 마침 복사본이 여러 부 있으니까 그중 하나를 주면 되겠다. 네가 시를 쓴다니 의외야."

그러더니 선생님은 벽장으로 가 어마어마하게 두꺼운 종이 뭉치를 내게 건넸다. 선생님이 주신 것은 시 복사본과 6학년 학생들이 제출한 '오천만 단어로 쓴 에세이' 숙제를 한데 묶은 것이 분명했다.

"그냥 시만 주세요."

내가 말했다.

"그게 다 시야."

선생님은 활짝 웃으며 대답했다.

이럴 수가! 난 짝사랑에 대한 시가 궁금했던 거지 그것들을 다 읽고 싶은 건 아니었다.

"네가 이 시들을 읽고 무슨 생각을 할지 무척 궁금하구나. 네가 시를 쓴다니 정말 신기해. 다음 주 수요일 점심시간 시작할 때쯤 들르렴. 네가 쓴 시도 몇 편 가지고 와. 읽어 보고 싶으니까."

선생님의 얼굴은 온통 분홍빛을 띠고 있었고 내가 무슨 대단한 학생이라도 되는 양 나를 보며 크게 웃어 보였다. 난 선생님이 살짝 미친 게 아닌가 궁금했다.

앙이 교실 밖에서 나를 기다리고 있었다.

"가끔 제가 직접 시를 쓸 때도 있어요."

앙이 찡찡거리는 투로 내 목소리를 흉내내며 말했다. 하지만 그건 내 흉내가 아니었다. 난 찡찡거리지 않으니까.

"넌 정말 멍청이야."

앙이 말했다.

"알아, 시를 사랑하는 멍청이 시인이지. 근데 젠장, 어쩌지? 선생님이 내 시를 읽고 싶대. 수요일에."

"네가 시를 쓰다니, 내가 낙서해 가는 게 더 낫겠다."

녀석이 하도 빈정대는 표정을 지어서 한 대 칠 뻔했지만, 간신히 참았다.

시 짓기는 어려워!

오늘도 어김없이 방과 후 벌을 다 받고 집까지 빙 돌아서 갔다. 생각할 시간이 좀 필요했다. 난 학교에 안경을 두고 왔고 엄마에게 안경에 대해 거짓말을 해야 한다는 게 싫었다. 하지만 엄마에게 사실을 이야기하는 건 더 싫었다. 그냥 엄마 눈에 띄지 않았으면 싶었다.

하지만 현관문을 열자마자 알았다. 엄마가 역시나 나를 기다리고 있다는 것을.

"화장실 좀 갔다 올게요."

그 순간 떠오르는 핑계가 그것뿐이었다.

"급한 거야? 너한테 할 말이 있는데."

"엄마, 미안…… 아시잖아요. 당장 가야 해요."

난 계단을 뛰어 올라갔다.

일단 화장실에 들어가자 안심이 됐다. 하지만 화장실엔 변기 말고 앉을 데가 없었다. 아니, 왜 이걸 생각 못 했을까. 난 변기 뚜껑을 내리고 거기에 앉았다.

그날 깨달은 것 중 하나는 변기가 상당히 딱딱하다는 거였다. 절대로 편하게 앉아 있을 수가 없다. 난 한숨을 내쉬며 가방에서 그레이 선생님의 시 뭉치를 꺼내 보았지만 집중할 수가 없었다. 교복을 입은 채 거기 앉아 있는 내 모습이 한껏 차려입고 나체주의자 캠프에 간 사람처럼 바보 같이 느껴졌다. 방법은 하나뿐이었다. 난 변기 뚜껑을 들어 올리고 바지와 팬티를 내린 뒤 변기에 똑바로 앉았다.

한결 자연스러웠다. 난 다시 시 뭉치를 집어 들었다. 확실히 나았다. 나는 그렇게 바지를 발목까지 내린 상태에서 사랑에 관한 시를 읽었다.

짝사랑에 대한 시들은 매우 복잡했다. 그리고 엄청나게 길었다. 빽빽하게 일곱 페이지를 가득 채우고 있었다. 안경 없이도 글자는 완벽하게 잘 보였지만, 도저히 그 시들은 읽을 만한 것이 못 됐다. 나한테 필요한 건 '짝사랑하는 사람들을 위한 유용한 정보' 같은 종류의 글, 기왕이면 중요한 부분은 강조 표시까지 해 둔 글이었다. 하지만 내가 보고 있는 건 이미 죽은 사람들의 무삭제판 횡설수설 헛소리일 뿐이었다.

시는 모두 세 편이었다. 첫 번째 것은 키츠라는 사람이 쓴 〈나이팅게일에게 부치는 노래〉라는 시였다. 난 제목부터 마음에 안 들었다. 나이팅게일? 새? 아니, 새가 사람을 짝사랑하는 일은 거의 없지 않나, 아닌가? 그런데 솔직히 시의 첫 구절은 꽤나 괜찮았다.

'내 가슴은 아려 오고, 마비가 오는 듯이 저리면서 나의 감각에 고통을 주는구나.'

흠…… 나쁘진 않군. 나는 단어만 조금 고쳐서 변기에 앉아 있는 상황으로 바꿔 보았다.

'내 엉덩이는 아려 오고, 마비가 오는 듯이 저리면서 나의 궁둥이에 고통을 주는구나.'

그레이 선생님은 항상 우리에게 이렇게 이야기했다. 위대한 작가의 작품 속에서 실제 삶의 유사성을 찾아보라고 말이다. 아마 내 시를 보면 선생님이 크게 감동하겠지.

난 시의 나머지 부분을 읽으며, 차라리 시가 스와힐리어(아프리카 남동부에서 공통으로 쓰이는 언어)로 쓰여 있는 편이 나을 것 같다고 생각했다. 도대체 무슨 소리를 하는지 알 수가 없었기 때문이다. 난 나머지 일곱 연을 건너뛰기로 했다. 키츠가 쓴 시는 총 여덟 연이었지만 말이다.

다음 시는 뭐시기 길버트인지 길버트 뭐시기인지 하는 사람이 쓴 시였다. 그의 시에서도 루시라는 이름은 찾아볼 수가 없었기에 곧바로 치워 버렸다. 좋아, 이제 둘 치웠고, 하나만 남았다.

페이지를 넘기자 루시라는 이름이 떡하니 보였다. 루시가 드디어 나왔다. 워즈워스라는 사람이 쓴 시였다. 처음에 난 '시인 이름치고 꽤 멋있군'이라고 생각했다.

하지만 곧 생각을 바꿨다. '아니야, 별로 안 멋있어.'

그 시가 얼마나 긴지 정말 봤어야 한다. 페이지를 넘겨도 넘겨도 넘겨도 같은 시였다. 난 시의 아름다움이란 종이 한 장에 쏙 들어가는 적은 분량이라고 생각했기에, 진지하게 사기당한 기분이 들었다. 하지만 어쨌든 첫 행부터 읽기 시작했다.

이상하게 발작하듯 찾아오는 열정을 느낀 적 있지······.

와우! 이 부분은 딱 내 이야기를 하는 것 같았다. 왜냐하면 나는 실제로 루시 때문에 발작적으로 기침을 한 적이 있기 때문이다. 어느 날 학교 식당에서 루시가 내 맞은편에 앉았고 첫눈에 반한 나는 망고 석류 스무디가 기도로 잘못 넘어가는 바람에 하마터면 죽을 뻔했었다.

그런데 시의 나머지 부분은 내 이야기가 아니었다. 아니, 맞다 해도 뭐라고 하는지 알아들을 수가 없었다. 내가 이해하기로는 한 남자가 달빛이 비치는 밤에 말을 타고 여자 친구 집 앞을 지나가다가 생각한다, '세상에! 그녀가 죽으면 어쩌지?'

난 그냥 워즈워스가 어딘가 좀 모자란 사람일지도 모른다는 생각이 들었다. 그러니까 내 말은 아무 이유 없이 여자 친구가 죽는 걸 상상하면서 돌아다니는 사람이 도대체 어디 있냐는 말이다. 하지만 다음 구절을 보니 더 심각했다.

나는 그녀의 오두막으로 내 발길을 돌렸네.
저녁 달빛 아래.

당신이 누군지는 모르겠지만 당신이 하는 짓은 스토킹이다. 내가 만약 달빛을 받으며 루시의 집 근처를 어슬렁거렸다가는 루시가 경찰에 날 신고할 것이고 난 체포당할 거다. 그리고 또 한 가지, 워즈워스는 문장 쓰는 법을 배울 필요가 있어 보인다. 내가 이런 식으로 문장을 쓰면, 선생님은 아마도 나를 죽일 거다.

그리고 상황은 점점 더 심각해졌다. 시를 읽으면 읽을수록 더욱더 이해가 되지 않았기 때문이다.

엉덩이가 변기에 달라붙는 느낌이었고 조금씩 감각이 없어지기 시작했다. 하지만 그레이 선생님은 나에게 그것(내 엉덩이 말고 시)에 관해 물어볼 텐데, 으악…… 누가 나 좀 살려 줘!

바로 그때 휴대폰이 울렸다. 앙이었다. 어쩜 이럴 수가 있지? 도움을 요청하자마자 도움의 전화가 오다니!

"너 초능력이 있었구나."

내가 말했다.

〈내가?〉

앙이 놀란 목소리로 되물었다.

앙은 감자칩을 먹고 있었다. 귀가 멀 정도로 큰 '바삭' 소리로 알 수 있었다. 먹는 것은 앙이 세상에서 가장 좋아하는 거다. 앙이 자기 몸무게를 많이 의식해서 일부러 그런 이야기는 안 했지만 말이다. 난 엄마가 화장실 문밖에서 내 목소리를 들을까 봐 목소리를 낮췄다.

"네 도움이 필요해."

나는 앙에게 속삭였다.

〈왜 속삭이는 건데?〉

그가 물었다.

"지금 화장실에 있거든."

〈웩! 감자칩 먹고 있는데 더럽게.〉

"앙, 날 좀 도와줘."

내가 애원했다.

〈내가 가서 화장실에 있는 너를 구출하라는 거야?〉
"시가 너무 엉망이야."
난 앙의 쩝쩝거리는 소리를 애써 무시하고 말했다.
〈그래서 내가 뭘 어떻게 해야 하는데?〉
앙이 웅얼거렸다.
"시에 대해 자세히 좀 설명해 줘."
〈내가 뭘 알아? 난 시인이 아니야.〉
"그래도 그날 수업을 들었잖아."
〈그래서 뭐? 난 태어날 때 거기 있었지만 그날 일이 하나도 생각이 안 나.〉

앙과 같은 논리를 가진 사람과는 말싸움을 할 수가 없다. 그래서 난 말싸움을 관두기로 했다.
"네가 루시 시가 좋았다며."
난 앙 탓을 했다.
〈아니, 절대 그런 적 없어. 루시라는 사람에 대한 시가 있다고만 했지.〉
"앙, 네가 나한테 분명 짝사랑에 대한 시였다고 말했잖아."
〈아니, 안 그랬어. 난 우리가 짝사랑에 대한 시를 읽었고, 루시라는 사람에 대한 시도 읽었다고 했어. 뭐가 뭔지는 나도 잘 몰라. 그때 다른 시도 읽었었는데 그게 뭐였는지는 기억이 안 난다고.〉

"궁둥이가 아파."

내가 말했다.

〈정말? 그런 시가 있었어? 그런 걸 어떻게 기억해.〉

난 앙이 나보다도 더 시에 대해 아는 게 없을지도 모른다는 생각이 들기 시작했다.

"잘 들어. 감자칩 그만 먹고 집중해. 루시에 대한 시가 무슨 내용이었어?"

〈몰라.〉

"기억해! 중요한 거야."

〈알겠어.〉

앙이 큰 소리로 침을 꿀꺽 삼켰다.

〈그레이 선생님이 워즈워스는 자연인가 사랑인가에 대해서 시를 썼다고 했어. 그리고 워즈워스가 루시에게 빠져 있었는데 루시는 그의 상상력인지 관념인지가 만들어 낸 허구의 인물일 수도 있다고 했어.〉

관념이라니!

"루시란 인물은 실제로 존재하지 않았다는 뜻이야?"

그 순간 나는 워즈워스를 향한 존경심이 와르르 무너졌다. 아니, 도대체 어떤 인간이 혼자 상상 속의 여자 친구를 만들어 낸단 말인가? 전화기 너머로 다시 세상 아무 생각 없이 감자칩을 쩝쩝거리는 소리가 들렸고 난 녀석의 목을 졸라 버리고 싶었다. 어쩌면 앙이 잘못 알고 있는 것일 수도 있었다.

"제발, 앙! 집중해."

난 꽥 소리를 질렀다.

"도와달라고오오오!"

나도 모르게 마지막 말을 큰 소리로 외쳐 버린 모양이었다. 엄마가 쿵쿵쿵 계단을 뛰어 올라와 화장실 문을 마구 두드리기 시작했다.

난 너무 놀라서 오줌을 지릴 뻔했다. 다행히 내가 변기에 앉아 있었기에 아무 문제도 되지 않았다. 그래도 나는 사람은 언제나 자기 방광을 통제할 수 있어야 한다고 생각한다.

"필립, 괜찮은 거니?"

엄마 목소리는 완전히 겁에 질려 있었다.

변기에 앉아 있는 나에게 도대체 무슨 일이 생길 수 있을 거라 생각한 건지 원.

"문 열어 봐."

엄마가 꽥 소리쳤다.

다시 말하지만 난 열두 살, 이제 거의 열세 살이다. 볼일 정도는 다른 이의 도움 없이 혼자서 해결할 수 있다.

"저리 가요!"

내가 낮은 목소리로 말했다.

〈이런 식으로 나온다 이거지.〉

앙이 발끈했다.

"아니, 너 말고."

〈그럼 누구? 화장실에 다른 사람이라도 있는 거야?〉

앙이 소리쳤다.

"닥쳐, 이 변태야!"

이번엔 내가 소리칠 차례였다.

"엄마한테 그런 식으로 말하면 안 되지. 당장 거기서 나와."

엄마가 고함을 쳤다.

"죄송해요. 엄마한테 한 말 아니었어요."

하지만 엄마는 듣지 않았고 화장실 문을 마구 두드리기 시작했다.

"저리 가라고요!"

내가 외쳤다.

〈그래. 나도 이제 됐어.〉

앙은 이렇게 말했지만 전화를 끊지는 않았다.

바로 그때 엄마가 울기 시작했다. 진짜로 꺽꺽 흐느끼며 울었다.

"내가 너를 어떻게 키웠는데 말을 그런 식으로 해. 안 그래도 요즘 스트레스 많이 받는데."

엄마는 울부짖었다.

"난 네 도움이 필요해……. 흑흑, 네 사랑이 필요해……."

그러더니 엄마는 코를 팽 풀었다. 코끼리가 도살당하는 듯한 끔찍한 소리가 났다.

"미안해요. 내가 사랑하는 거 알잖아."

내가 말했다.

〈뭘 한다고?〉

앙이 전화기에 대고 비명을 질렀다.

"너 말고, 병신아."

"누구한테 병신이라고 하는 거니?"

엄마는 또 버럭 소리를 쳤다.

난 이 상황에서 벗어나는 방법은 변기에 머리를 박고 물을 내리는 것밖에 없다고 생각했다. 바로 그때 초인종 소리가 울렸다.

"누구야?"

엄마가 허둥지둥하며 물었다.

"그걸 내가 어떻게 알아요? 나 지금 변기에 앉아 있잖아요."

초인종이 다시 울렸고 밖에 있는 사람이 현관문 편지 구멍 덮개를 들어 올렸다.

"캐시! 나 왔어! 선물을 갖고 왔지."

정다운 목소리로 엄마를 부른 건 엄마의 절친, 수지 아줌마였다. 할렐루야. 엄마는 다시 코를 풀더니 현관문을 열어 주러 내려갔다.

난 휴대폰을 들고 앙에게 말했다.
"자, 다시 워즈워스로 돌아가서……."
하지만 앙은 이미 전화를 끊고 없었다.

눈물 나는 선물

수지 아줌마가 왔으니 이제 화장실에서 나가도 안전하겠다 싶었다. 아줌마는 늘 엄마를 기분 좋게 만들어 주기 때문이다. 난 후다닥 계단을 뛰어 내려갔다. 그리고 민 궁둥이로 시 낭송회를 열었던 사람처럼 보이지 않으려고 애쓰며 조용히 거실로 걸어 들어갔다. 엄마와 수지 아줌마는 나를 보자 수다를 멈췄다.

"내가 제일 좋아하는 코미디언, 어떻게 지내?"

수지 아줌마가 말을 걸었다.

"동물 중에 가장 돈 낭비를 많이 하는 동물이 누구일까요?"

내가 물었다.

"사자. 좀 더 노력해야겠네."

"좋아요."

난 수지 아줌마의 말에 도전 의식이 불타올랐다.

"그럼 양쪽 귀에 바나나가 있는 사람을 뭐라고 부르죠?"

"숙제는 다 했니?"

갑자기 엄마가 치고 들어왔다. 엄마는 내 숙제에 아주 민감하다.

"잠깐, 아직 선물 개봉을 안 했네."

수지 아줌마가 말했다.

"선물이요?"

난 선물이라는 단어를 처음 들어 보는 것처럼 멍청하게 말했다.

"선물이라고?"

엄마 역시 바보인 척하기 내기에서 나를 이기려는 듯 어색하게 물었다.

"서언무울."

수지 아줌마는 바보 선발 대회에서 통역을 맡은 사람처럼 말했다.

"특별한 날에 주는 포장지로 싼 선물 있잖아."

그러면서 아줌마는 엄마에게 가방을 건넸다.

"늦었지만 생일 축하해. 생일 축하합니다, 사랑하는 캐시, 생일 축하합니다."

"한 달이나 지났는데."

엄마가 말했다.

"그래? 하지만 그땐 내가 없었잖아. 얼른 열어 봐!"

엄마는 가방에서 병 모양 선물을 꺼냈다. 포장을 뜯으니 병 모양 선물은 실제로 병이었다. 엄마가 가장 좋아하는 와인이 가득 들어 있는 병. 엄마는 미소를 지었다. 역시 수지 아줌마는 엄마의 좋은 친구였다. 엄마는 선물을 참 좋아한다. 아줌마는 가방에서 기다란 직사각형 상자 하나를 더 꺼냈다. 그 안에는 꼭 게임기용 컨트롤러가 들어 있을 것 같았다. 난 씨익 웃었다. 엄마도 씨익 웃었다. 엄마 얼굴에 울어서 통통 부은 흔적이 많이 사라져 있었다.

수지 아줌마는 포장에 상당히 많은 정성을 쏟아부은 모양이었다. 겉에 테이프가 엄청 많이 붙어 있어서 엄마가 이로 포장을 물어뜯어야 했다. 엄마가 통나무를 갖고 노는 비버처럼 즐거운 얼굴로 선물을 들고 뜯고 있는 모습을 보니, 나는 일주일 만에 엄마가 다시 정상으로 돌아간 것 같은 기분이 들었다. 우리 엄마가 물건을 이로 물어뜯는 게 정상이라는 이야기가 아니다. 내 말은, 엄마가 잠깐이나마 심각한 기분에서 벗어났다는 뜻이었다. 엄마를 괴롭혀 온 게 뭔지는 모르겠지만 그게 잠시나마 사라진 것 같았다.

"조심해. 틀니 바꿔 줄 돈 없으니까!"

수지 아줌마의 농담에 엄마는 웃음을 터트리며 마침내 포장지를 다 풀었다.

"고데기네!"

솔직히 말해서 난 살짝 실망했지만 그래도 계속 싱글벙글 웃는 척을 하고 있었다. 어쨌든 엄마가 좋아할 것 같았기 때문이다. 엄마는 한참 전부터 새 고데기를 사야겠다고 말했었으니까 말이다.

그런데 엄마가 어떻게 했는지 아는가? 갑자기 눈물을 터트리며 거실에서 뛰어나가더니 계단을 올라가서 화장실로 들어가 문을 걸어 잠갔다.

수지 아줌마와 나는 서로의 얼굴을 쳐다보았다. 엄마가 훌쩍이는 소리가 들렸다.

"넌 앙한테 놀러 가는 게 어떻겠니?"

아줌마가 제안했다.

엄마가 화장실에 틀어박혀 아기처럼 울어 대는 와중에도 난 생각했다. '앗싸.' 난 숙제 때문에 평일 밤에는 앙의 집에 놀러 가 본 적이 없었다.

난 총알처럼 집을 뛰쳐나왔다.

루시의 환영

앙네 집에 가는 길, 지금 가고 있다는 걸 알리려고 앙에게 전화를 걸었다.

"평일 밤에? 너희 엄마 머리가 좀 이상해지신 거 아니야?"

어떻게 알았지?

"오늘이 엄마 생일이라 특별히 보내 주셨어."

난 거짓말을 했다. 우리 엄마가 '정말로' 정신이 이상해졌다는 걸, 그래서 헤어 미용 장비를 보자마자 갑자기 두려워하며 화장실로 뛰어들어 갔다는 걸 앙에게 알리고 싶지 않았다.

"가도 되는 거야, 안 되는 거야?"

"와도 돼. 대신 시 얘기 금지. 나 사랑한다는 얘기 금지. 콜?"

"콜."

내가 대답했다.

주머니에 휴대폰을 집어넣고 있는데 저기 모퉁이에 루시와 상당히 닮은 것 같은 여자아이가 파란 후드티를 입고 서 있는 게 보였다. 솔직히 말해서 처음으로 안경이 없어서 안타까운 순간이었다. 학교 칠판이 보이지 않는 건 견딜 수 있었다. 뭐 그런 것쯤이야. 하지만 내가 사랑하는 여자가 또렷하게 보이지 않는 건 참을 수가 없었다. 그런데 이상한 점은 루시는 이 근방에 살지 않는 데다 굉장한 모범생이라 평일 밤에는 집 밖에 나와 있는 일이 없다는 거였다.

딱 한 가지 설명 가능한 일이 있긴 했다. 바로 내가 환영을 봤다는 것이다. 사랑이 얼마나 대단한지 아십니까? 이렇게 정신 착란을 일으키기도 합니다.

그래도 루시의 환영이라도 보는 것이 아무것도 안 보이는 것보다는 나았다. 그리고 난 생각하지 않을 수 없었다. '루시가 내 여자라면 얼마나 좋을까.' 난 앙네 집 벽에 기대어 앉아 그 생각이 사라지기를 기다렸고, 그러다 나도 모르는 사이에 루시에 대한 시를 지어 버렸다. 여러분도 아마 인정할 것이다. 나를 사랑하지도 않는 소녀에 대한 환영을 주제로 생애 처음 쓴 시라니, 얼마나 대단한 기량과 상상력이 녹아 있겠는가. 실제로 시를 쓰는 데 성공했지만 난 뭔가 속이 안 좋았다. 정말로 배가 아픈 게 아니라 시 때문이었다. 이걸 빨리 받아 적지 않으면 까먹을 것 같았기에 난 벌떡 일어나 앙네 집 초인종을 눌렀다.

앙의 엄마는 내가 래브라도 리트리버와 아기의 혼종이라도 되는 듯 내 머리를 쓰다듬고 볼을 꼬집으며 날 반겨 주었다. 앙의 엄마가 이 정도로 반응을 보이다니 내가 진짜 사랑스럽긴 한가 보다. 아줌마는 나를 보고 웃으며 스페인어로 무어라 이야기했다.

"뭐라고 하신 거야?"

내가 앙의 방에 들어가며 물었다. 앙은 컴퓨터 앞에 앉아 있었다.

"Donde hay amor, hay dolor."

앙이 뒤도 돌아보지 않고 대답했다.

"영어로 해 줘."

"스페인 속담. 사랑이 있는 곳에 고통이 있다는 뜻이야."

"네가 얘기했지!"

내가 빽 소리를 질렀다.

"뭘 얘기해. 할 이야기가 없는데."

"루시에 대한 이야기."

"제정신이야? 내가 그런 이야기를 우리 엄마한테 왜 해? 네 얼굴에 다 쓰여 있었나 보지. 네가 엄청나게 크고 우울하게 생긴 블러드하운드(얼굴이 축 처진 초대형 사냥개)랑 닮았잖아."

"블러드하운드, 진심이야? 난 꼭 껴안고 싶은 래브라도랑 비

숫하다고 생각했는데."

"아니면 푸들."

"꺼져. 난 푸들 느낌 아니야."

그리고 우린 개 소리를 내기 시작했다. 한참이나 멍멍 짖고, 늑대처럼 울부짖고, 재주를 부리고 나서야 난 개가 아니라는 사실을 깨달았다. 나는 시인이었고 까먹기 전에 얼른 내가 쓴 시를 받아 적어야 했다.

"앉아."

내가 말했다.

앙이 앉았다. 커서 반려견 훈련사를 할까 보다.

"내가 말하는 걸 컴퓨터로 받아 적어 줘."

하지만 이번엔 앙이 내 말을 무시했다.

"어서, 까먹기 전에."

"난 네 하인이 아니야."

앙은 이렇게 말하며 컴퓨터만 빤히 쳐다보았다. 앙은 마음만 먹으면 진짜 심할 정도로 고집을 부렸다.

"프린터에 종이는 들어 있어?"

"응?"

앙이 어떤 여자애의 페이스북 페이지를 들여다보며 건성으로 대꾸했다.

"앙! 생사가 걸린 문제야."

앙이 컴퓨터 보던 걸 멈추고 스윽 회전해서 나를 바라보았다(혹시나 목 관절이 360도 회전하는 이상한 스페인 애를 상상할까 봐서 하는 이야기인데, 앙은 회전의자에 앉아 있었다).

"누구의 생사?"

그가 물었다.

"나."

앙이 다시 컴퓨터로 고개를 돌리려고 했기 때문에 내가 얼른 말했다.

"내가 해냈어. 그레이 선생님께 보여 드릴 사랑의 시를 썼단 말이야."

"그레이 선생님께? 너 이제 선생님을 사랑하는 거야?"

"아니, 이 미친 녀석아. 루시에 대한 시야, 선생님이 아니라."

"루시에 대한 사랑의 시를 그레이 선생님께 드리다니, 혹시 선생님이 자기한테 하는 말이라고 착각하시는 거 아닐까?"

앙이 걱정스러운 얼굴로 말했다.

"하하, 재밌다 그래. 됐고, 선생님은 나를 시인이라고 생각하실 거야. 어서 받아 적어 줘. 얼마 안 걸려."

앙은 끙 소리를 내면서도 키보드 쪽으로 돌아앉았다.

"시 이야기는 금지라고 했었지만, 그래, 알겠어, 해 봐!"

난 목소리를 가다듬고 읊었다.

"그녀가 만약 나의 것이라면."

난 극적인 효과를 주기 위해 잠시 멈췄다.

앙이 날 돌아보았다.

"끝이야?"

"이건 제목이야."

내가 어이없어하며 대답했다.

잠시 후 난 시를 처음부터 끝까지 낭송했고 앙은 서둘러 키보드를 쳤다. 그사이 앙은 한 번도 코웃음을 치거나 비웃지 않았다. 그거 봐라, 내가 좋은 시라고 하지 않았는가. 앙은 다 받아 적은 뒤 한 장을 인쇄해 주었다. 우린 완성된 작품을 함께 읽었다.

그녀가 만약 나의 것이라면

내 눈은 빛날 거야.

난 큰 소리로 노래 부르고

자랑스러워하겠지.

그녀가 만약 나의 것이라면

정말 좋겠다.

난 춤을 추면서

거지를 만나면 돈도 줄 거야.

그녀가 만약 나의 것이라면 난 스토킹은 안 해

그냥 곧장 가서 말할 거야.

그녀가 나의 것이라면.

"정말 변변찮다."

앙이 말했다.

"넌 지금 내 영혼을 변변찮다고 한 거나 마찬가지야."

내가 대답했다.

"어쨌든, 시라는 건 어려워야 하는 거 아니야? 무슨 말을 하는지 모르게? 너도 '그대'나 '당신' 같은 이상한 말을 써야 하지 않을까?"

"요즘 시엔 그런 거 안 써."

앙이 나에게 시를 건넸다.

"근데 왜 이렇게 서두르는 거야. 다음 주 수요일까지만 쓰면 되는 줄 알았는데."

"됐어. 넌 궁금하지도 않잖아."

"아니야, 말해 봐. 너 나한테 말하고 싶잖아."

어떻게 알았지? 난 진짜 앙에게 초능력이 있는 게 아닌가 의심하기 시작했다.

"다음 주엔 시간이 없을 것 같아서. 우리 엄마가 신경 쇠약에 걸린 것 같아. 그래서 다음 주엔 일급 보안 정신 병원에 있는 엄마한테 병문안을 가야 할 것 같아."

내가 고백했다.

"우아! 너희 엄마가 어땠는데?"

"빵을 굽고 엄청나게 울어."

"이런! 우리 엄마도 그러는데."

앙이 아주 즐거운 얼굴로 말했다.

난 앙이 내 이야기를 전혀 심각하게 받아들이고 있지 않다는 걸 알 수 있었다.

"그럼 우리 엄마도 미친 걸까?"

앙이 물었다.

난 잠시 생각을 한 뒤 결론을 내렸다.

"너희 엄마도 미쳤을 수 있어. 하지만 원래 그랬었기 때문에 늘 미쳐 있었다고 할 수 있지. 그러니까 너희 엄마에겐 빵을 굽고 많이 우는 게 일상적인 일이기 때문에 일상적으로 미쳤다고 말할 수 있는 거지."

"일상적으로 미쳐?"

"맞아."

내가 단호하게 대꾸했다.

"하지만 우리 엄마는 보통 가게에서 빵을 사고, 언제나 하이에나처럼 웃어. 그래서 요즘처럼 빵을 굽고 많이 우는 건 정말로 비정상적인 일이라고 할 수 있어. 그리고 이건 엄마가 걱정스러울 정도로 미쳤다는 걸 의미하지."

"알겠어."

앙이 대답했다. 앙이 엄청 심각한 표정을 짓고 있는 걸로 봐서 이번엔 정말로 내 말을 알아들은 것 같았다. 잠시 후 앙이 이렇게 말했다.

"정신 병원에서는 너희 엄마를 제빵 기구가 없는 곳에 가둬 놓겠지? 혹시나 엄마가 주걱으로 자해를 하려고 하실지도 모르니까."

"세상에. 주걱 공격이라니. 그 자체만으로도 범죄 행위다."

내가 말했다.

"중대한 범죄지. 최고 보안 교도소로 가시겠어."

"분명히 일급 보안 시설로 가실 거야. 엄마가 나무 숟가락으로 땅을 파고 나와서 또 케이크를 구우려고 할 수도 있으니까 경비견도 있고 철조망 담장도 있어야겠지."

"아니면 머핀이나."

앙이 추천했다.

"브라우니."

"두툼한 팬케이크."

앙이 눈에 눈물을 머금고 말했다.

그리고 우리는 같이 바닥에 벌러덩 누워 미친 듯이 웃으며 우리가 아는 모든 케이크와 빵 이름을 죄다 외쳤다. 그러고 나니 한결 마음이 편해지는 것 같았다.

하지만 다시 집으로 돌아가는 길, 난 또 환영을 보았다. 그리고 이번엔 루시가 후드티를 입은 다른 사람과 이야기를 나누고 있었다. 그 상대는 남자애였다. 세상에나! 나의 환영까지도 나를 골탕 먹이는구나.

난 급속도로 절망에 빠져들었다. 사람들 말이 사실이었다. 사랑을 하면 감정의 롤러코스터를 타게 된다는 말 말이다. 조금 전만 해도 미소를 지으며 시를 썼는데, 지금은 갑자기 괴로워하며 상상 속의 여자 친구와 대화를 나누고 있는 저 환영을 두들겨 팰지 말지 고민하고 있다니. 정말 사랑의 감정은 사람을 지치게 하는 것이로구나.

난 사랑이 이럴 줄 몰랐다. 언젠가 나는 엄마랑 슬픈 영화를 보고 있었다. 키우던 개가 죽고 나서 첫사랑에게서 위안을 찾는 소년에 대한 영화였다(개 연기가 상당히 좋았다).

엄마가 이렇게 말했다.

"조금만 기다리면 너도 사랑에 빠지게 될 거야. 사랑이란 정말 멋진 거란다."

하지만 엄마가 사랑에 빠졌던 옛날은 지금과는 상황이 많이 다른 것 같았다. 당시 여자애들은 머리를 길게 길러 곱게 땋았고 남자애들은 학교에서 집까지 여자애들 가방을 들어다 주었다. 흠, 요즘 세상과는 아주 다르다. 혹시나 루시가 자기 가방을 나더러 들게 했다고 생각해 보자. 요즘 학생들의 평균 가방 무게가 얼마나 나가는지 알고 있는가? 만약에 내가 학교에서 집까지 가방 두 개를 들고 왔다가는 심각한 척추 측만증을 얻게 될 것이고, 난 키 150센티미터에 몸무게 40킬로그램인 데다가 구부정하기까지 한 아이가 되고 말 것이다.

   정말이다. 현대의 사랑은 지옥과 같다.

불면증

수지 아줌마가 현관문을 열어 주었다.
"어머, 무슨 일 있니? 안아 줄까?"
아줌마가 물었다.
사랑에 빠지는 건 힘든 일이지만 그 정도로 힘들진 않다.
"아니요!"
난 아줌마를 밀쳐 냈다.
"아야!"
아줌마는 살짝 아픈 모양이었다. 바로 그때 난 아줌마의 눈이 새빨개져 있는 걸 발견했다. 아줌마도 통통 부은 눈 증후군에 걸린 듯했다. 전염성이 정말 강한 병인가 보다.
"들어와. 힘내서 감자칩 좀 먹어. 두 라이트 씨가 함께 얼빠져 있는 꼴은 못 보겠으니까.”

이해했는가? 두 라이트, 엄마랑 나를 뜻한다. 이건 수지 아줌마가 옛날부터 하던 농담이었다. 평소 같으면 재미있는 척이라도 했을 테지만 오늘 밤은 그럴 기분이 아니었다.

"다른 라이트에겐 무슨 문제가 있는 것 같은데요?"

내가 감자칩을 입안 가득 털어 넣고 물었다.

"엄마는 침대에 누워 있어. 상태가 영 안 좋아서 자고 있단다. 그리고 입에 먹을 게 가득 들어 있을 때는 말 좀 하지 마. 흉하다는 말 그 이상으로 흉하니까.”

어른들은 정말 이해가 안 된다. 우리 엄마가 정신적으로 불안한 상태인데 수지 아줌마는 겨우 내 식사 예절이 걱정이란 말인가.

"엄마 보러 올라가 봐도 될까요? 감자칩 다 먹고 나서요."

내가 물었다.

"엄마는 엄청 지쳤어, 필립. 그냥 자게 내버려 둬."

"엄마한테 무슨 문제가 있는 거예요? 요즘 좀 이상한 행동을 하긴 했어요."

내가 다시 물었다.

수지 아줌마가 감자칩 하나를 먹다 말고 큽 소리를 내며 놀라더니 이렇게 말했다.

"아, 까먹을 뻔했네. 엄마가 해리 힐 녹화한 거 봐도 된다고 했고, 오늘은 그거 보면서 저녁 먹어도 된다고 했어."

"그럼 당장 볼래요."

내가 대답했다.

수지 아줌마는 내가 숙제를 다 끝내고 샤워를 하고 잘 준비를 끝낼 때까지 우리 집에 있었다. 난 보통 자정이 넘어서야 잔다고 말했지만, 아줌마는 들으려 하지 않았다. 아줌마는 9시 30분에 날 침대에 눕히고 내 휴대폰에 아줌마 번호가 저장되어 있는지 확인했다. 그리고 번호를 꼭 갖고 있다가 필요할 때 전화하라고 했다.

"엄마가 밤중에는 휴대폰 켜지 말라고 하셨는데요."

내가 말했다.

"네가 언제부터 엄마가 시키는 대로 하는 애였니?"

"휴대폰을 켜 놓고 자면 뇌 손상이 오거나 머리에 암인지 뭔지가 생긴대요."

"흠, 그럼 필요할 때만 잠깐 켜면 되지."

아줌마는 살짝 당황한 것 같았다. 하지만 아줌마가 내 말을 심각하게 받아들일 거라 생각하진 않았다. 내가 밤에 휴대폰을 쓰지 못하게 하려고 엄마가 지어낸 말일 테니까.

수지 아줌마가 돌아가고 나서 난 엄마 상태가 어떤지 보러 갔다. 엄마가 불까지 끄고 깊이 잠들어 있었기에 난 다시 내 방으로 돌아와 침대에 누웠다. 9시 30분. 기나긴 밤이 기다리고 있었다.

 자정 무렵까지 난 양을 이백만 마리 넘게 세야 했다. 난 커서도 절대로 양 목장은 하지 않겠다고 다짐했다. 호주 다큐멘터리에서 봤을 때는 양 목장이 상당히 매력 넘쳐 보였지만, 침대에 누워 몇 시간째 양 수백만 마리를 세고 나면 그런 매력은 희미해지게 마련이다.

 새벽 2시, 난 침대에서 기어 나와 엄마 방에 들어갔다. 엄마는 아직도 자고 있었다. 감은 눈과 꼼짝 않는 몸이 아니더라도 엄마가 자고 있다는 걸 알 수 있었다. 살짝 코를 골고 있었기 때문이다. 침대 옆 캐비닛 위에 약상자가 하나 보였다. 아마 비타민인 것 같았다. 엄마는 언제나 비타민이 중요하다는 이야기를 하시니까.

 방문 앞에서 난 새로운 걸 하나 더 발견했다. 집에서 혼자만 깨어 있으면 집은 굉장히 외로운 공간이 된다는 사실을. 난 이런 발견이 마음에 들지 않았다. 자꾸 불안한 생각들이 꼬리에 꼬리를 물고 따라오기 때문이다. 설인과 내 깨진 안경, 방과 후 벌 받기, 그레이 선생님의 시, 그리고 루시.

 그리고 발이 시렸다. 엄마가 깨어 있었더라면 나를 재워 주었을 텐데. 난 어둠 속에 홀로 서서, 어릴 때 내가 잠들지 못하고 있으면 엄마가 내 곰 인형 플러펑턴 경을 갖고 와서 내 품에 안겨 주었던 기억을 떠올렸다. 그 시절은 이미 오래전에 끝이 났고, 지금 엄마는 미쳐 가고 있다. 난 몸을 부르르 떨었다. 불쌍한 엄마. 바로 그 순간 난 해리 힐에게 다시 편지를 써 보자고 결심했다. 그를 귀찮게 하고 싶지도 않았고, 답장을 기다리는 그 잠시를 참지 못하는 스토커처럼 보이고 싶지도 않았지만, 난 도움이 절실했다.

> 해리 힐 씨에게
>
> 아직 제 첫 편지에 답장해 주실 시간이 없었겠죠. 그래도 그동안 있었던 일을 알려 드려야겠다는 생각이 들었어요. 아직도 엄마는 저만 보면 눈물을 터트려요. 제 농담이 좋은지 어떤지 생각할 틈도 없이 말이에요. 저는 나날이 절박해지고 있어요. 꼭 조언 부탁드려요.
> 그럼 이만……
>
> 필립 라이트
>
> 추신: 아저씨의 전문 분야가 아니라는 건 알지만, 짝사랑이나 시 쓰기에 대해서도 해 주실 말씀이 있다면 감사히 듣겠습니다.

청소해야 해, 청소

진공청소기 돌아가는 소리가 들렸다. 시계를 확인하니 아직 새벽 6시 30분밖에 되지 않았기에 난 꿈을 꾸고 있는 줄 알았다. 엄마는 단점이 많은 분이지만 그렇다고 새벽부터 집 청소를 하는 분은 아니니까.

"젠장! 일 좀 제대로 해. 제대로 못 해?"

엄마가 청소기에 대고 소리치는 게 들렸다.

꿈을 꾸고 있는 게 아니었다.

"청소기가 엄마 말을 어떻게 알아들어요. 무생물이잖아요."

난 다리를 질질 끌며 아래층으로 내려갔다.

"지금 뭐 하시는 거예요?"

난 크게 하품을 하며 물었다.

"청소하잖아."

엄마가 대답했다.

"몰랐네요! 근데 왜 지금 하세요? 아직 6시 반밖에 안 됐다고요."

"유난 떨지 마, 필립. 6시 하고도 반이나 지났잖니."

엄마는 정말 기분이 좋아 보였다.

난 주전자에 물을 끓이기로 했다. 내가 차라도 한 잔 만들어 드리면 엄마가 앉아서 무슨 일인지 말씀해 주시겠지. 어쩌면 우리는 휴가를 앞둔 건지도 모른다. 엄마는 휴가를 가기 전에 온 집을 싹 청소한다. 빈집털이범을 위해 집을 말끔하고 깔끔하게 준비해 놓는 거다.

난 어디로 여행을 가는 건지 궁금했다. 왠지 따뜻한 곳으로 갈 것 같은 느낌? 엄마는 햇볕을 좋아하니까.

주전자를 불에 올린 뒤 난 시리얼 상자를 모두 탁자 위에 일렬로 세워 놓고 상자 뒷면을 읽을 계획이었다. 하지만 안경이 없다는 걸 깨달았다. 설인의 뒷걸음질이 일으킨 파급 효과가 보이는가? 이런 걸 카오스 이론이라고 부르는 거다.

나는 평소 시리얼 상자를 모두 줄 세워 놓는 걸 좋아하지만, 요즘은 상자가 두 개뿐이다. 뮤즐리(곡물과 견과류, 과일 등을 섞어 만든 아침식사용 시리얼)랑 오트밀. 엄마는 음식에 관해서는 꽤 예민한 사람이다. 하루에 다섯 끼 먹기에 집착하고 설탕, 소금,

트랜스 지방이 포함된 거라면 그게 무엇이든 절대 먹지 않는다. 엄마는 또 휴대폰 전원과 와이파이 끄는 데 집착하고 그냥 편하게 버스를 탈 수 있는 때에도 꼭 걸으라고 시킨다. 그런데 이제 새로운 집착이 생겼다. 아침 일찍 일어나 청소하기. 난 차를 끓이고 시리얼을 앞에 두고 앉아서 엄마를 바라보았다.

"차 좀 마셔요."

"시간이 없어. 여기가 너무 지저분해."

"커피를 마시는 동안에도 거기는 계속 지저분할 거예요."

내가 발랄하게 말했다.

"아하하! 빌어먹을 코미디언 흉내는 그만둬!"

엄마는 진짜 이상한 목소리로 웃는 척을 하더니 이렇게 말했다.

"아침 다 먹었으면 올라가서 방 청소해."

난 아직 시리얼을 먹지 않은 상태였고 그 이후로도 먹지 못했다. 엄마는 절대 나에게 욕을 하지 않는다. 욕이란 어휘력이 부족한 깡패들이나 쓰는 거라고 했다. 그리고 엄마는 어휘를 다양하게 쓰는 걸 좋아한다. 내 어휘력이 풍부한 것도 이 때문이다. 엄마는 늘 내 목구멍에 새로운 단어들을 집어넣는다. 다 나를 위해서라며 생선 기름에서 추출한 오메가3를 내 목구멍에 집어넣듯이.

그날 아침 엄마에게 공격적인 말을 몇 마디 할 수도 있었지만, 난 내가 아는 모든 욕을 소리 없이 입 모양으로만 말하며 조용히 계단을 올라갔다. 난 그냥 울고만 싶었다. 진심으로 엄마한테 욕을 하고 싶었던 건 그때가 처음이었다.

난 엄마 방에 들어갔다. 왜 그랬는지는 모르겠다. 아래층에서 욕을 하며 청소를 하는 미친 아줌마 말고 '좋은 엄마'의 흔적을 찾고 싶었던 모양이다. 그런데 이게 웬일인가! 엄마의 방이야말로 완전 엉망이었다. 쓰고 구겨 놓은 화장지가 바닥에, 쓰레기통에, 쓰레기통 옆 바닥에 가득했다. 침대 옆 캐비닛은 더 최악이었다. 질척한 휴지 한 무더기에, 다 마시지도 않은 차가 네 잔이나 있었다. 난 엄마의 침대에 잠시 앉았다. 아직도 따뜻했다. 그리고 시계를 보았다. 아직 7시도 안 되었다니. 온종일 어쩌란 말인가.

'착한 엄마'와 교감을 하고 싶을 때 엄마의 크고 아늑한 침대보다 더 좋은 곳이 과연 있을까? 내가 이불을 걷자 그 안에서 플러핑턴 경이 눈 하나로 나를 바라보고 있었다. 그는 내가 다섯 살 때 옆집 사이코 치와와랑 목숨을 건 전투를 벌인 결과 한쪽 눈을 잃었다. '안구 적출 전투'가 일어난 지 7년이 넘었지만 난 아직도 그 개와 (그 일 이후로 내가 치와 부인이라고 부르는) 개 주인을 나의 적으로 생각하고 있다.

난 플러핑턴 경을 내려다보았다. 엄마도 흘러간 옛날에 향수를 느끼나 보다. 보통은 침대에 곰 인형을 두지 않는데 말이다.

난 하품을 하며 내가 채 네 시간도 못 잤다는 걸 깨달았다. 어린이들은 발육을 위해 충분히 자야 한다는 말도 있지 않은가. 난 충분하지 못한 발육은 원치 않았기에 침대로 기어들어 가 플러펑턴 경의 머리 냄새를 흐읍 들이마시고 (추억의 냄새가 났다) 이불 속에 파고들었다. 얼마 안 가 나는 잠이 들었다.

난 엄마가 고함치는 소리에 잠에서 깼다.

"엄마 침대에서 뭐 하는 거야?"

엄마가 꽥 소리쳤다.

나는 마치 '골디락스와 곰 세 마리'에서 주인공 골디락스가 된 기분이었다. 단지 내가 여자아이가 아니고 금발도 아니라는 점만 빼면 말이다. 엄마가 이성을 잃고 화를 냈기에 난 엄마가 폭발해 버리는 건 아닐까 걱정했다. 엄마의 얼굴은 보랏빛이 되었고 이마 옆쪽에 핏줄이 벌떡벌떡 뛰는 게 보였다. 지렁이 같은 벌레가 이마 안에서 나갈 길을 발견하고 필사적으로 도망치는 모습이 연상됐다. 진심으로 보기 안 좋았다. 자기 집에 몰래 들어온 골디락스를 발견한 곰 세 마리의 얼굴도 저런 모습이었을까? 그렇다면 골디락스가 꼭대기 층 창문에서 몸을 던진 게 이해가 됐다. 난 침대에서 벌떡 일어나 방을 뛰쳐나왔다.

학교에 갈 때까지도 엄마는 계속 청소를 하고 있었다. 엄마가 먼지를 털다 말고 현관문으로 와서 물었다.

"너 안경 어쨌니?"

"부러졌어요."

난 치밀한 거짓말을 준비하고 있었다.

"어떻게 됐다고?"

엄마 이마의 벌레가 다시 불끈 튀어나왔다.

"빌어먹을 안경이 부러졌다고요."

이렇게 말하자 얼굴이 화끈거렸다.

"왜 그런 식으로 말하는 거야?"

엄마가 화를 냈다.

"뭐, 엄마가 먼저 저한테 그랬잖아요."

난 잠옷을 입은 채 먼지떨이를 들고 있는 엄마를 문간에 내버려 두고 나와 버렸다.

엄마는 엄청나게 오래 잤는데도 잠을 한숨도 안 잔 것처럼 눈이 퉁퉁 부어 있었다. 머리카락은 빗지를 않아서 마치 한 마리 고르곤(그리스 신화에 나오는 머리카락이 뱀으로 된 세 자매)같았다. 나는 제발 아무도 엄마를 보지 않기를 바랐다.

보통은 학교 가는 길에 앙네 집에 들르지만, 그날은 그러지 않았다. 너무 기분이 우울했기 때문이다. 나는 완-전-히-천-천-히 터덜터덜 걸었다. 발이 납덩이로 만든 것처럼 무겁게 느껴졌다. 감정이 신체에 영향을 준다는 것 알고 있는가? 전날 밤보다 몸무게가 두 배는 더 나가는 듯 몸이 무거웠다. 난 해리힐을 떠올렸다. 아마 아직 나에게 답장을 쓰지는 않았겠지만,

정신이 이상해진 엄마에 대해 그가 어떤 농담을 할지 상상이 됐다. 그의 농담을 생각하니 힘이 났다.

혼자가 아니라는 사실을 안다는 건 참 좋은 거다.

뚱뚱이와 멍청이

이다음에 무슨 일이 일어났는지 알면 깜짝 놀라겠지만 어쨌든 이야기를 해야겠다.

학교에 도착한 나는 앙을 끌고 여학생 사물함 쪽으로 갔다. 난 격려가 절실하게 필요한 상황이었고, 잠깐이라도 여신을 보면 힘이 날 것 같았기 때문이다. 난 루시를 제대로 보려고 깨진 안경까지 썼다. 그리고 어떻게 됐는지 아는가? 정말 루시가 거기 있었다.

설인과 이야기를 나누며!

큰 키로 루시를 내려다보고 있는 설인은 평소보다 훨씬 더 못생겨 보였다. 난 거의 이성을 잃을 뻔했다.

내가 앙의 팔을 붙잡고 말했다.

"저길 봐! 설인이 루시를 겁주고 있어. 어떻게 해야 하지?"

"뭐, 설인이 널 겁주고 있는 게 아닌 걸 다행이라고 생각해야지."

앙은 이렇게 말하며 초콜릿 바를 꺼냈다.

하지만 난 가만히 있을 수 없었다.

달려가서 저 덩치 큰 멍청이를 한 대 후려치자. 그를 때려눕히고 루시를 구해 내면 루시가 정말 고마워하며 나랑 사랑에 빠지겠지. 그래, 좋았어. 가능성이 있어 보여.

"가 봐야겠어."

내가 말했다.

"안 돼!"

앙이 입안 가득 초콜릿을 문 채로 소리쳤다.

"갈 거야!"

"그래, 가! 구경해도 돼?"

앙이 물었다.

난 심호흡을 하고 안경을 최대한 밀어 올린 뒤 설인에게 씩씩하게 걸어갔다. 그런 다음 손을 들어 그의 어깨를 툭툭 쳤다. 루시가 겁에 질려 나를 쳐다보고 있었다. 불쌍한 루시. 저런 짐승 같은 놈이 내 목에다 콧김을 내뿜고 있으면 나라도 저렇게 무서울 거다.

설인이 돌아보며 콧방귀를 꼈다.

"뚱뚱이랑 멍청이가 무슨 일로?"

여신이 소심하게 키득거렸다.

누가 멍청이고 누가 뚱뚱이인지는 뻔했다. 나는 매력적인 대벌레(나뭇가지처럼 가늘고 긴 모양의 벌레)처럼 비쩍 말랐고, 앙은 살짝 포동포동한 스타일이다. 그래서 문제였다. 심각한 문제. 앙은 사람들이 자기 살 이야기를 하는 걸 엄청나게 싫어한다. 그런 데에 민감하다는 이야기를 전에도 했던 걸 기억할 것이다. 사실 앙은 전혀 살이 찌지 않았다. 그냥 살짝 둥글둥글하고 말랑한 느낌? 배에 TV 화면만 없다 뿐이지 텔레토비랑 비슷하달까. 앙은 설인처럼 큰 (그리고 정말로 뚱뚱한) 얼간이가 자기를 뚱뚱이라고 부르는 걸 가만두지 않을 것이다.

앙이 뭔가 어리석은 짓을 할 것 같았다. 그런 느낌이 왔다. 그리고 내 생각이 맞았다. 설인이 커다랗고 무시무시한 주먹을 쥐어 보이자, 앙은 내 뒤로 뒷걸음질을 치며 이렇게 말했다.

"너한테 어울리는 단어가 딱 세 개 있지, 똥, 겨, 그리고 개."

"뭐?"

설인이 설명을 해 보라는 표정으로 나를 쳐다보았다.

난 앙을 쳐다보았다. 90킬로그램 정도 나가는 설인에게 맞아 얼굴이 뭉개질 수도 있는 상황에서 똥 얘기나 하고 있다니. 난 머리를 긁적이다가 내가 아직도 깨진 안경을 쓰고 있다는 사실을 깨달았다. 그것도 루시 앞에서! 어서 이 자리를 피해야 했다.

"무슨 소리야?"

난 필사적으로 앙을 향해 입 모양을 했다.

"'똥 묻은 개가 겨 묻은 개 나무란다.' 이 말 몰라? 유리로 된 집에 사는 사람들은 돌을 던지지 않는단 말이야(He who lives in a glass house shouldn't throw stones. 약점을 가진 사람은 쉽게 남의 흠을 잡아서는 안 된다는 속담)."

유리로 된 집? 이제 똥에서 유리로 옮겨 갔나? 공포가 아무리 이상하고 무서운 거라지만, 이런 식으로 사람을 실성시킬 수도 있는 거란 말인가?

설인과 나는 이해할 수 없는 말을 지껄이는 앙을 빤히 쳐다보았다.

"뭐?"

설인이 다시 물었다.

조 할아버지는 돌아가시기 전에 이상한 소리를 많이 했다. 하지만 할아버지는 치매를 앓았기 때문에 이해가 됐다. 엄마 말로는 할아버지가 원래 권투 코치였는데 머리를 너무 많이 맞는 바람에 치매에 걸렸다고 했다.

그래! 그거였다! 앙도 뇌 손상을 입은 것이다.

"우아, 너 진짜 대단하다. 최고다. 앙에게 손가락도 안 댔는데 앙이 뇌진탕에 걸렸어."

내가 설인에게 말했다.

그러자 세상에! 설인이 웃음을 터트렸다. 침으로 끈적거리는 커다란 입을 쩍 벌리고 으르렁거리듯 큰 소리로 웃었다. 그러더니 우리를 때려죽이려던 걸 잊고 그냥 혼자 깔깔거리며 저만치 멀어졌다.

그리고 또 무슨 일이 일어났는지 아는가? 바로 여신이 앙과 내 쪽으로 다가온 것이다. 홀리와 미어캣들이 사물함 입구에서 우리를 지켜보고 있었기에, 난 루시가 우릴 향해 콧방귀를 낄 줄 알았다. 하지만 루시가 우릴 비웃어도 상관없었다. 난 유혈사태 없이 설인과의 대치 상황을 해결해 냈고 그런 나 자신이 너무 기특해서 '갈등 해결사' 같은 직업을 가져야 하나 고민하고 있었기 때문이다. 실제로도 아마 그런 직업이 있는 것으로 안다.

어쨌든 여신은 우리 앞으로 와서 참을 수 없이 아름다운 모습으로 머리카락을 뒤로 휙 젖히며 이렇게 말했다.

"넌 뚱뚱하지 않아, 앙. 껴안고 싶게 생겼지."

그리고 나를 보고 말했다.

"그리고 너도 멍청이가 아니야. 어쨌든, 거의 아니야."

루시는 또 한 번 머리를 휙 젖히고는 걸어갔다.

앙은 나를 쳐다보았다. 녀석은 미소를 짓고 있었다. 그것도 입이 찢어져라 활짝.

"난 뚱뚱하지 않아. 껴안고 싶을 뿐."

"그리고 난 멍청이가 아니야."

나는 아침보다 12킬로그램은 더 가벼운 기분으로 그날 하루를 보낼 수 있었다. 진짜 누가 기분과 몸무게의 연관성에 대한 연구를 해 봐야 할 것 같다. 마음이 가볍고 행복하니까 정말로 깡충깡충 뛰는 것 같은 느낌이 들었다. 물론 실제로 깡충 거리며 다니지는 않았다. 내가 그 정도로 미친 애는 아니다. 어쨌든 상황이 좋아지고 있는 게 분명했다. 난 해리 힐에게 당장 이 사실을 알리고 싶었다.

해리 힐 씨에게

어디 아프거나 심하게 다치지 않고 잘 계시는 거죠? 제가 두 번이나 편지를 썼는데 아직 답장을 안 주셔서 하는 말이에요. 오늘 뭔가 새로운 발전이 있어서 알려 드리려고요. 제가 불량배를 웃게 했어요. 그랬더니 놀랍게도 그 애가 절 안 건드리고 그냥 가 버렸어요.

그거 아세요? 웃고 있으면 무서운 사람도 별로 안 무섭게 보인다는 거요. 참 이상하죠.

이와는 별개로 아직 해결되지 않은 문제들도 있어요. 엄마는 여전히 이상하게 행동하시고 시 쓰기에는 아직 도움이 필요합니다. 그러니 좀 서둘러서 최대한 빨리 답장을 주시면 정말 고마울 것 같네요.
    그럼 이만…….

필립 라이트

성자 필립

 이런 날에는 무슨 일이 일어나도 나의 즐거운 기분을 망치지 못할 것 같지? 흠, 틀렸다.
 학교를 마치고 집에 들어오니 현관문이 열려 있었고 수지 아줌마의 차가 진입로에 세워져 있었다. 집 안에는 상자가 여기저기 널려 있었다. 엄마는 몸을 굽혀 상자 하나를 뒤지고 있었다. 엄마는 잠옷 윗도리를 낡은 청바지에 쑤셔 넣은 상태였고, 머리카락은 아침에 봤던 고르곤 상태 그대로였다. 게다가 화장도 전혀 하지 않고 있었다.
 엄마에 관해 이야기해 볼까. 엄마는 허영심이 많다. 그러니까 자기가 화장을 하고 머리를 말리는 동안 하나밖에 없는 아들에게 아침 식사를 준비하게 하는 스타일? 음, 이건 허영심은 아닌데, 뭐라고 불러야 할지 모르겠다. 어쨌든 엄마는 화장과 머리 손질을 완벽하게 하지 않고는 절대 집 밖에 나가지 않는다. 언젠가 늦잠을 자다 학교에 늦었을 때 날 데려다 주던 엄마가 급브레이크를 밟고 이렇게 소리를 지르는 바람에 차 사고가 날 뻔했다.

"세상에! 화장을 안 했잖아!"

엄마는 연쇄 충돌 사고를 일으킬 뻔했지만, 다행히 사고는 피했다. 우리 뒤차 운전자가 차에서 나오더니 엄마에게 소리를 지르며 바보 멍청이 같은 여자라고 마구 소리쳤다. 그렇지만 이건 옳은 말이 아니다. 우리 엄마는 멍청하지 않다. 허영심이 많을 뿐.

어쨌든 중요한 건 엄마가 오후가 되도록 화장도 안 하고 미친 머리 모양을 한 채 잠옷을 입고 있었다는 것이고, 이것은 진심으로 심각하게 나쁜 일이 벌어지고 있다는 확실한 증거였다.

수지 아줌마가 상자를 들고 부엌에서 나왔다.

"쓰레기 처리장에 가려고. 같이 갈래?"

엄마가 물었다.

"엄마 아직 잠옷 입고 있잖아요. 보통 사람들은 몽유병에 걸렸거나 정신 병원에서 탈출한 게 아니라면 잠옷 입고 밖에 안 나가요."

수지 아줌마가 뭐라 말을 하려는데 엄마가 눈짓으로 제지했다.

엄마는 돌아서며 이렇게 말했다.
"네 맘대로 해."
그리고 떠나 버렸다.
날 두고.

난 어떻게 해야 할지 알 수가 없었다. 그래서 목적도 없이 집 안을 이리저리 서성거렸다. 집은 알아보기 힘들 정도로 깔끔하게 정리되어 있었다. 난 정말 기분이 안 좋았다. 내가 쓰레기 처리장에 가는 걸 얼마나 좋아하는데 날 버리고 가다니. 역시나 엄마에게 심술궂게 굴면 결과가 안 좋다. 설령 내 말이 맞다고 해도 말이다. 난 엄마가 돌아오면 얼른 화해해야겠다고 다짐했다. 그리고 내 방으로 갔다.

티끌 하나 없었다.

내 방이 좀 지저분했다는 건 인정한다. 맞다, 좀 많이 더러웠다. 뭐, 냄새나는 양말 더미 안에 썩어 가는 피자 한두 조각이 있었을지도 모른다. 하지만 그렇다고 해서 엄마에게 내 물건들에 마음대로 손댈 권리가 있는 건 아니지 않은가. 방의 모든 물건이 제자리에 있었다. 책은 선반에, 옷은 서랍장에 있었고 신발들은 짝을 맞춰 줄지어 있었다.

TV에 나오는 형사가 내 방을 봤다면 연쇄 살인마가 살고 있을 거라고 말할 것 같았다. TV에 나오는 연쇄 살인마는 언제나 과하게 깔끔을 떠는 별난 사람으로 나오기 때문이다. 그들은 언제나 물건들을 제자리에 정리하다가 갑자기 절제력을 잃고 지저분한 사람들을 한가득 죽인다. 〈CSI〉라는 드라마에서 봐서 잘 알고 있다.

난 연쇄 살인마의 방을 둘러보다가 베개 위에 곱게 접어 놓은 종이 한 장을 발견했다. 난 이 종이가 뭔지 바로 깨달았고 곧바로 속이 울렁거리기 시작했다.

엄마가 내 시를 읽은 거다. 내 사랑 시를. 루시 여신에게 쓴 시를.

난 너무 화가 나서 가출을 해 버릴까 고민했다. 그러면 엄마도 깨닫는 게 있겠지. 하지만 그건 어리석은 짓이었다. 난 갈 곳이 없었고 돈도 없었으며 챙겨 갈 물건도 없었다. 나에겐 침낭 하나 없었다. 게다가 난 안락한 걸 좋아한다. 음식이니 침대니 뭐 그런 것 말이다.

그러다 보니 길거리에서 구걸하거나 가게 문 앞에서 잠을 자는 불쌍한 사람들이 떠올랐다. 그들이 안락한 집을 버리고 그런 삶을 선택한 걸 보면, 그 사람들의 엄마가 얼마나 나쁜 사람들이었을지 상상이 갔다. 다음에 지나가다 그런 사람들을 만나면 우리 엄마 돈을 좀 나눠 줘야겠다고 다짐했다. 아니면 엄마에겐 이제 쓸모없는 물건이라도 말이다. 그러다가 난 어마어마한 아이디어를 떠올렸다.

난 거실에 있던 상자에서 엄마가 버린 물건을 꺼내 배낭을 채웠다. 상자에는 옷이랑 책, 부엌 용품 등 온갖 물건이 가득 있었다. 심지어 아빠 물건도 몇 개 있었다. 엄마가 정리를 얼마나 오랫동안 안 했는지를 알 수 있는 순간이었다. 난 아빠의 낡은 재킷과 셔츠 몇 벌, 넥타이 두 개와 속옷 여러 장을 발견했다. 그렇게 기분 나쁜 속옷은 아무도 입으려 할 것 같지 않아서 가방에 담지 않았다. 하지만 넥타이는 넣었다. 혹시나 노숙자들에게 지혈이 필요한 상황이 생겼을 때 상처를 묶는 용도로 사용하면 좋을 것 같았기 때문이다. 어떻게 하는지는 영화에서 봐서 잘 알 것이다.

난 열쇠를 챙기고 엄마에게 메모를 남겼다. '나가요'라고만 적었다. 사실 아무 쓸모도 없는 메모였다. 집에 없으면 집 밖에 나간 게 당연하니까 말이다. 난 휴대폰을 메모 옆에 내려놓았다. 그럼 엄마가 나랑 연락할 수 없다는 걸 알게 될 테니까. 엄마에게 걱정을 끼치는 게 엄마에게 상처를 주는 가장 현명한 방법일 거라 생각했다. 계속 나 혼자 걱정하는 건 질렸다. 이제 엄마 차례였다.

시내에 도착했을 때는 막 4시가 넘은 시간이었다. 노숙자를 찾기에는 너무 이른 시간이 아닌가 조금 걱정이 됐다. 그러나 장사를 끝낸 신문 가판대 입구 옆에서 할아버지 한 명이 앉아 있는 걸 발견했다.

"안녕하세요."

내가 반갑게 인사했다.

그는 대꾸하지 않았다. 대화가 문제가 될 거라고는 생각도 못 했다. 난 뭐라고 해야 할지 생각이 안 나서 농담을 해 보기로 했다. 추억의 농담. 고전은 절대 배신하지 않는 법이다.

"울다가 멈춘 사람을 뭐라고 하는지 아세요?"

"뭐?"

할아버지가 물었다.

"아까운 사람이요."

내가 말하자 할아버지가 씨익 웃었다.

또 할아버지 옆에서 춤을 살짝 추고 팔을 쫙 펴며 말했다.

"짠! 저는 탭 댄서지만 다른 것도 잘한답니다. 멀티탭이죠."

할아버지가 더 활짝 웃었다. 도저히 참을 수 없는 게 분명하다. 난 정말 웃긴 사람이 맞는 모양이다.

"음, 혹시 스카프나 모자나 읽을 책 안 필요하세요?"

할아버지는 정신이 이상한 애를 쳐다보듯 묘한 표정을 지었다. 하지만 내가 가방에서 이것저것 꺼내기 시작하자 그분은 비로소 내가 장난을 치는 게 아니라는 걸 깨달은 것 같았다. 결국 그는 스카프와 넥타이 두 개(과다 출혈로 죽을까 봐 걱정이 많은 분인 게 분명하다), 아빠의 낡은 재킷, 스키 양말 한 켤레를 챙겼다. 할아버지는 특히나 재킷을 마음에 들어 했다. 나도 기분이 좋았다. 정말 좋았다. 꼭 성자라도 된 것 같은 기분이었다. 코미디 쪽으로 일이 안 풀리면 수도승이나 선교사가 되어도 좋을 것 같다.

"뭐 하는 거야?"

여자 목소리가 들렸다.

고개를 돌린 나는 내 눈을 믿을 수가 없었다. 여신이었다. 난 깨진 안경을 안 쓰고 나오길 정말 잘했다고 생각했다.

"뭐 하고 있는 건데?"

루시가 다시 물었다.

"아무것도 안 했어."

난 간신히 대답했다.

"아무것도 안 한 게 아니잖아. 저 할아버지한테 옷 주던데. 내가 봤어."

"아, 그게……."

"내가 도와줄까?"

"아, 음……."

"승낙한 걸로 알게."

루시는 이렇게 말하며 내 배낭 하나를 들고 걸어갔다.

우리가 다음으로 만난 사람은 우체국 근처에서 종이꽃을 팔고 있는 아줌마였다. 아줌마가 영어를 잘 못했기 때문에 농담은 안 통할 것 같았다. 결국 우리는 온갖 손짓과 발짓으로 우리가 왜 왔는지를 설명했다.

아줌마는 아빠의 셔츠, 점퍼, 털실로 짠 모자, 아기 담요를 선택했다. 그리고 루시에게 종이꽃 한 송이를 주었다. 난 루시가 콧방귀를 뀌며 거절할 줄 알았다. 루시 아빠가 엄청난 부자라 루시는 언제라도 진짜 꽃을 살 수 있었기 때문이다. 하지만 루시는 종이꽃을 받아 들고 정말로 기뻐했다. 나는 꽃을 좋아하는 루시가 좋았다. 왠지 인간적으로 보였다.

그다음에 만난 젊은 남자는 개를 데리고 있었다. 그는 겨우 열아홉 살쯤밖에 안 되어 보였다(개 말고 그 남자가 말이다). 난 그 남자가 조금 무서웠다. 심술궂은 표정을 짓고 목구멍으로 낮은 소리를 내자 개도 덩달아 으르렁거렸다. 루시와 나는 꼼짝도 하지 못했다.

"개 처음 보니?"

그가 물었다.

"물론 아니죠."

난 겁먹은 티를 내지 않으려고 애를 썼다. 그리고 아주 높게 빽빽거리는 목소리로 말했다.

"우리 집 개는 말을 안 들어요. 자전거 탄 사람만 보면 쫓아간답니다."

"뭐?"

남자가 심술궂게 생긴 이빨을 드러내며 물었다.

"그래서 녀석의 자전거를 치워 버렸죠."

난 이렇게 말하고 슬쩍 웃어 보였다.

남자가 몸을 숙이고 자기 개에게 말했다.

"너도 들었니, 핍? 저 애 완전 코미디언이네."

다시 고개를 들었을 때 그는 웃고 있었다.

우리는 남은 물건을 보여 주었다. 남자는 핍에게 깔아 줄 용도로 손으로 짠 담요를 골랐고, 마음의 평정을 유지하는 법에 대한 책도 선택했다.

남자와 헤어지고 나서 루시가 말했다.

"내가 뭐 하고 있는지 알면 엄마가 날 죽일 거야."

"엄마는 네가 뭐 하고 있는 줄 아셔?"

"수영."

루시는 어깨에 메고 있는 수영 가방을 가리키며 대답했다.

"왜 안 갔어?"

"왜긴! 너랑 여기 있느라고 안 갔지."

난 살짝 빨개진 얼굴로 가방을 뒤졌다.

"뭐가 남았나 보자."

"나도 사람들한테 줄 물건을 가지고 왔으면 좋았을걸. 집에 가면 가족들이 안 쓰는 물건을 모두 쓸어 모아서 사람들에게 나눠 줄 거야. 부의 재분배지. 아빠가 알면 날 죽이겠지만."

그러더니 루시는 웃음을 터트렸다. 마치 아빠 손에 죽는 게 세상에서 가장 재미있는 일이라도 되는 듯 말이다.

루시와 함께 있는 건 너무 근사했다. 내가 이렇게 운이 좋다니. 그리고 루시는 강변으로 내려가 보자는 멋진 제안을 했고, 우리는 정말로 거기서 엄청 많은 노숙자를 만났다. 노숙자들은 다 같이 쭈그리고 앉아서 웃고 있었다. 난 아직 농담을 안 했으니까 나 때문에 웃는 건 아니길 바랐다.

우린 그 사람들에게 남은 걸 다 주고 왔다. 양말, 셔츠, 벙어리장갑, 카드 한 팩, 채소 탈수기까지. 그들 중 한 명은 머리에 채소 탈수기를 뒤집어썼다.

"세상에서 가장 지루한 중학교는 어디게요?"

내가 말했다.

"로딩중."

채소 탈수기 모자를 쓴 남자의 대답에 우린 다 같이 웃음을 터트렸다. 혼자 떨어져서 앉아 있던 여자애 한 명만 빼고.

"저 애는 아무것도 못 받았네."

루시가 말했다.

"남은 게 없는데."

내가 빈 가방을 들고 대꾸했다.

루시는 얼굴을 찡그리며 고민하더니 어깨에 메고 있던 수영 가방을 뒤졌다. 그리고 그 안에서 굉장히 폭신해 보이고 굉장히 진한 분홍색인 수건 한 장과 진짜 비싼 가게에서 팔 것처럼 생긴 크림 통을 꺼냈다. 그리고 그 여자애한테 건넸다.
"러쉬(화장품 브랜드 이름)잖아."
루시는 크림 통 뚜껑을 열고 킁킁 냄새를 맡았다. 그러곤 날 돌아보며 웃었다. 세상에서 가장 아름다운 미소였다.

13
엄마의 비밀

전에 했던 말은 취소한다. 사랑은 멋진 거다. 난 기분이 좋아서 견딜 수가 없었다. 내 몸무게-기분 가설이 맞다면, 난 지금 무게가 나가지 않을 거다. 거의 둥둥 떠다니는 거나 다름없는 상태였다.

그리고 갑자기 마음이 너그러워졌다. 다른 사람들도, 특히 엄마도 나처럼 행복했으면 좋겠다는 생각이 들었다. 집에 도착한 나는 엄마에게 드릴 맛있는 차를 끓이기 위해 곧장 부엌으로 갔다. 엄마가 워낙 차를 좋아하기 때문이다. 그런데 주전자에 물을 채우기도 전에 옆방에서 수지 아줌마 목소리가 들렸다.

"당장 얘기해."

아줌마가 말했다.

"나도 알아. 그만 재촉해. 필립은 겨우 열두 살이야, 몰라서 그래?"

엄마가 큰 소리를 내지 않게 조심하면서 화를 냈다.

도대체 무슨 말인가, 겨우 열두 살이라니. 난 이제 거의 열세 살인데.

"무슨 이야기를 해야 하는데요?"

난 (원래 계획했던 차는 미처 준비하지 못한 채) 방으로 가며 물었다.

두 사람은 깜짝 놀라 나를 바라보았다. 난 혹시 내 바지 지퍼가 열려 있는 건가 궁금했지만 굳이 확인하고 싶지는 않았다. 괜히 그쪽으로 시선을 끌고 싶지 않았기 때문이다.

"안경 새로 맞춰야겠구나. 내일 같이 가자."

엄마가 말했다. 그리고 수지 아줌마를 보며 말했다.

"봤지? 난 못 한다고."

엄마 목소리는 정말 이상했다. 목소리가 두 개로 갈라지는 것 같았다.

가슴이 철렁 내려앉으며 등골이 서늘해졌다. 내 시력이 그렇게 나빴나? 혹시나 내가 맹인이 된다면 할 수 있는 게 많지 않을 거다. 난 시커먼 안경과 막대기에 만족하고 살아야겠지. 안내견도 있으면 좋겠다. 좋아, 래브라도로 하자. 이왕이면 까만색으로. 난 누런 래브라도보다 까만 래브라도가 더 좋다.

"말해."

수지 아줌마가 말했다.

맹인이 되었을 때를 대비해 계획을 세우던 나도 번쩍 정신이 들었다.

"못 해."

엄마가 끔찍하리만큼 갈라진 목소리로 대답했다.

엄마가 어찌나 화를 내는지 모르는 사람이 봤으면 엄마가 맹인이 되는 줄로 착각할 것 같았다.

"해야 해."

수지 아줌마가 재촉하자 엄마는 심호흡하곤 말했다.

"엄마가 병원에 가야 해."

"무슨 병원이요?"

내가 물었다. 제발 일급 보안 정신 병원은 아니어라, 제발.

"병원이 병원이지. 아픈 사람이 있고 간호사가 있는."

엄마가 대답했다.

"너희 엄마 수술 받아야 해."

수지 아줌마가 말했다.

"수술이요? 머리를요?"

내가 꽥 소리를 질렀다.

"머리?"

엄마가 미친놈을 보듯 날 쳐다보았다. 엄마는 머리가 아직 거기 있다는 걸 확인이라도 하는 것처럼 한 손을 머리에 갖다 댔다.

"아니, 머리는 아니야."

"어딘데요?"

내가 물었다.

"세인트 메리 병원."

엄마가 대답했다.

수지 아줌마가 한숨을 쉬었다.

"아니, 어디냐고요?"

내가 다시 물었다.

"음."

엄마는 수지 아줌마를 말없이 쳐다보았다.

"엄마 몸 중에 어디냐고요?"

"음, 어."

"어디에요?"

엄마가 입을 열기는 했지만 거기선 바람 새는 소리만 나왔다. 수지 아줌마와 나는 어서 말하라고 재촉하듯 엄마에게 한 발자국 다가갔다. 마치 범죄 영화의 한 장면 같았다. 희생자가 숨이 넘어가는 목소리로 범인의 이름을 말하기 직전의 그 순간 말이다.

엄마는 기침을 하더니 눈을 감았다. 다시 눈을 떴을 때 엄마의 눈은 촉촉이 젖어 있었다. 그리고 알 수 없는 말을 하기 시작했다.
"ㅈ……조……양이……자라고……있어……서."
"양이 자라고 있다고요? 귀여운 녀석인가요?"
아무도 웃지 않았다. 찜찜했다. 꽤 재미있는 농담이었는데.
"종양. 물혹 같은 거."
엄마가 말했다.
수지 아줌마는 또 한숨을 쉬었다.
엄마가 아줌마를 노려보았다.
"물혹이요?"
난 아무렇지도 않은 목소리로 대꾸했다. 나도 손가락에 물혹이 생긴 적이 있었다. 물혹이라면 정말 별것도 아니었다.
"암 종양이야."
엄마가 기어들어 가는 목소리로 말했다.
"뭐라고요?"
난 숨이 턱 막혔다.
"여러 번 말하게 하지 마."
엄마는 여전히 속삭이는 목소리로 대꾸했다. 숨 쉴 공기가 부족한 사람처럼 말이다.
"암이야."
수지 아줌마가 옆에서 거들었다.

"누가 아줌마한테 물어봤어요?"

내가 쏘아붙였다.

요즘 수지 아줌마가 우리 집에 너무 자주 오시는 것 같긴 했다. 난 엄마를 쳐다보았다.

"엄마가 암일 리 없어요."

내 목소리가 꽤 절절하게 들렸다.

"나도 아닌 줄 알았어. 그런데 맞더라."

엄마가 지독하게 차분한 목소리로 말했다.

"암에 걸리면 죽는 거잖아요."

난 이렇게 말했다가 곧바로 후회했다. 엄마랑 수지 아줌마가 동시에 울기 시작했기 때문이다.

"늘 그런 건 아니야. 요즘엔 안 그래. 고칠 수 있대."

수지 아줌마가 마음을 추스르며 말했다.

난 믿을 수가 없었다.

"어떻게 고치는데요?"

엄마는 안경을 벗더니 화장지로 눈을 훔쳤다.

"그게, 우선 수술을 해야 해. 그리고 방사선 치료를 해. 라디오테라피라고도 하지."

라디오테라피. 난 엄마가 컴컴한 방에서 클래식 음악을 들으며 누워 있는 모습을 상상했다. 엄마 눈에는 오이가 얹어져 있고 머리에는 흰 수건을 두른 모습을.

"방사선 치료가 정확히 뭔데요?"

내가 물었다.

"방사선으로 치료를 하는 거야. 엑스레이로 종양 부분을 찾아내서……."

"방사선이라니! 미쳤어요? 같이 봤던 크리스마스 특별편에서 〈닥터 후〉의 주인공이 방사선 때문에 죽었잖아요. 데이비드 테넌트가 맷 스미스로 바뀌기 직전에 50만 라드(물체가 흡수한 방사선의 양을 나타내는 단위)를 맞았잖아요."

"난 5분 보다가 잠들었어."

엄마가 말했다.

"그럼 방사선 치료하고 나서, 그다음은요? 낫는 거예요?"

"아마 화학 요법도 받아야 할 거야."

"하항 요법! 하항 요법이 뭔데요!"

내가 소리를 질렀다.

"약이야, 약. 몸에 약을 주입하면 그게 암을 죽이는 거지."

수지 아줌마가 말했다.

"멋지네요. 화학전 비슷하기도 하고."

"그래, 멋지다."

엄마는 이렇게 말했지만 정말로 그렇게 생각하지는 않는 것 같았다.

"부작용이 있어. 심하게 피곤해질 수 있대."

"지금도 이미 피곤해하고 계시잖아요."

"그래."

엄마가 좀 짜증 난 투로 대꾸했다.

"훨씬 더 피곤할 거래. 그리고 속이 울렁거릴 수도 있고."

엄마가 수지 아줌마를 쳐다보았다.

"간호사가 그러는데 어떤 여자가 버스를 탔는데 토할 데가 없어서 글쎄, 자기 핸드백에다가 토했다지 뭐야."

"으윽."

수지 아줌마가 나를 보며 말했다.

"어서 엄마 핸드백 다 치워."

왜 갑자기 수지 아줌마가 코미디언 행세를 하는 걸까. 난 웃지 않았다.

"그리고 머리카락도 영향을 받을 수 있다네. 좀 많이 빠질지도 몰라."

엄마가 말했다.

"한 뭉텅이씩이요? 흉하지 않을까요?"

내가 물었다.

엄마가 또 울 것 같은 표정이 되었다.

"필립, 내 말 잘 들어. 화학 요법을 받으면 내 머리카락이 빠질 거야. 몽땅 다."

"몽땅 다요?"

너무 어이가 없었다.

"그래, 모두 다."

"그럼, 코털도요?"

설마 그런 것까지 빠진다는 뜻은 아니겠지.

"그래, 코털까지."

엄마 얼굴이 한층 더 우울해졌다.

"농담이 아니라 진짜예요? 몸에 있는 모든 털이 다 빠진다니! 달걀처럼 맨질맨질해지는 거예요?"

"에그잭틀리. 물론이지."

난 엄마의 달걀 농담이 재밌다고 생각하지 않았지만 어쨌든 웃었다.

"다시 자랄 거야. 원래보다 더 예쁘게 자라겠지."

수지 아줌마가 말했다.

"수술이 언젠데요?"

"화요일."

아줌마가 대답했다.

"며칠 안 남았잖아요! 그럴 순 없어요. 아니, 어떻게……."

엄마는 아무 말도 하지 않았다. 엄마의 침묵이 방 안을 가득 채웠다. 침묵이 내 귀와 눈으로 기어들어 오고, 내 코와 목까지 파고들었다. 그리고 우린 울기 시작했다. 셋이 다 같이.

엄마랑 수지 아줌마가 왜 울었는지는 나도 모르겠다. 다만 내가 운 이유는 엄마가 대머리가 되는 게 싫어서였다. 해리 힐 같은 사람이 대머리인 건 아무 상관없지만 엄마는 아니다. 울음을 그치고 나서야 난 엄마가 어디에 암이 생겼는지 아직 말해 주지 않은 게 떠올랐다.

"근데 어디예요?"

내가 물었다.

수지 아줌마가 입을 열었다.

"그게……."

"아줌마한테 물어본 거 아니에요. 엄마한테 물어보잖아요." 내가 이를 악물고 말했다.

"유방암이야."

엄마가 아주 작은 목소리로 대답했다.

"안 돼."

내가 비명을 질렀다.

안 돼, 안 돼, 안 돼! 안! 돼! 그것만은 안 돼. 유방의 'ㅇ'자도 꺼내면 안 돼. 어떻게 엄마가 나에게 이럴 수가 있단 말인가? 이제 주변 모든 사람이 시도 때도 없이 '유방'이라는 말을 입에 담게 됐다. 그게 '찻주전자'처럼 매일 쓰는 평범한 단어인 것처럼 말이다.

차라리 장에 암이 생기지 그랬나. 하지만 다시 생각해 보니 그것도 좀 아닌 것 같았다. 난 사람들이 변기에 앉아 있는 엄마 모습을 상상하는 게 싫었다. 그럼 폐암은 어떨까? 아니다. TV에 나오는 사람들은 죄다 폐암으로 죽었다. 그럼 발가락암이나 귀암은? 발가락이나 귀 없이는 살 수 있는데.

수지 아줌마가 정적을 깼다.

"병원에서 유방을 제거하고……."

역시 내 예상대로다. 이제부터 숱하게 유방, 유방 하게 된 것이다. 그런데 잠깐, 그걸 제거한다고? 잘라 낸다고?

"시끄러워요. 그만해요, 그만."

내가 소리쳤다.

"난 이제 가야겠다."

아줌마가 말했다.

"그래요, 이제 좀 가세요."

난 평소의 나답지 않게 대꾸했다.

"필립! 버릇없이 굴지 마. 난 수지가 같이 있었으면 좋겠어."

엄마가 말했다.

"마음대로 하세요."

난 팩 쏘아붙였다.

난 진절머리가 났다. 엄마가 아픈 건 생각하고 싶지 않았다. 난 루시 생각을 하고 싶었다. 그리고 가난한 사람들에게 루시의 물건을 나눠 줄 생각을 하고 싶었다. 하지만 내 머리는 병원과 살인 엑스레이 기계, 그리고 가슴이 하나뿐인 대머리 엄마가 핸드백에 토하고 있는 장면으로 가득했다.
"엄마가 다 망쳐 놨어요. 이제 나는 루시랑 어떡해요?"
내가 소리쳤다.
엄마랑 수지 아줌마는 서로의 얼굴을 쳐다보았다.
"루시가 누군데?"
둘이 한목소리로 물었다.

해리 힐 씨에게

해리 힐 씨는 어떻게 대머리가 됐는지 궁금해요. 여태껏 아저씨가 코미디 연기를 위해 일부러 머리를 밀었을 거라고 생각했는데, 이제 잘 모르겠네요. 나이가 들면서 그냥 빠졌나요? 아니면 머리가 빠지게 하는 약을 먹었나요? 만약 약을 먹었다면 어땠었는지 편지로 이야기해 주실 수 있을까요? 엄마에게 무슨 문제가 생겼는지 좀 전에야 알아냈어요. 머리가 빠지는 약을 먹게 돼서 유머 감각이 사라진 거였어요.

기분 나빠 하지 말고 들어주세요. 저는 지금 머리가 아저씨에게 잘 어울린다고 생각하고 아저씨도 같은 생각일 거라고 믿어요. 하지만 여자의 경우엔 좀 다르잖아요. 엄마의 기분을 좋게 할 방법 좀 추천해 주실 수 있나요? 아저씨가 도와줄 수 있는 문제라는 거 알아요. 아저씨는 대머리고 재미있고 옛날에 의사였으니까요. 꼭 빨리 답장해 주세요. 점점 절박해지고 있거든요.
　그럼 이만…….

필립 라이트

침묵 요법

오랫동안 토라져 본 적 있는가?

아주 오랫동안.

으, 정말 지루하다. 엄마가 초대형 폭탄을 투척하고 난 후, 난 방으로 쿵쾅쿵쾅 뛰어 올라가 침대에 누워 계속 휴대폰 게임을 했다. 곧 배터리가 다 되었지만 난 충전을 하지 못했다. 왜냐하면 일어나서 방구석에 있는 콘센트까지 갈 힘이 없었기 때문이다. 콘센트까지가 너무나도 멀게만 느껴졌다. 으아, 정말 지루했다! 그리고 배도 고팠다.

삐치기 전 가장 먼저 해야 할 일, 바로 뭐라도 먹는 거다. 앙이랑 같이 있었다면 이렇게 배가 고프진 않았을 거다. 앙은 비상사태를 대비해 초콜릿 바 없이는 절대 문밖을 나서지 않기 때문이다. 그 애는 극심한 당분 부족으로 길바닥에서 갑자기 죽을까 봐 늘 걱정한다. 혹시나 아주 외딴 곳에서 비행기 사고를 당하더라도 앙이 같이 있었으면 좋겠다. 군것질거리를 잔뜩 갖고 있을 테니 서로의 다리를 먹어야 할 시기를 늦출 수 있을 것이다.

앙과, 초콜릿으로 가득 찬 앙의 주머니를 생각하면 할수록 점점 더 배가 고팠다. 난 일어나서 벽장을 뒤졌다. 혹시나 먹다 남은 초콜릿 바나 감자칩이 있지 않을까 기대하면서.

하지만 아무것도 없었다. 그래도 엄청난 걸 발견하긴 했다. 없어진 줄로만 알았던 옛날 안경을 찾은 것이다. 난 그 안경을 무척 좋아했다. 안경테에 스쿠비 두(미국 애니메이션 스쿠비 두 시리즈의 주인공 개) 캐릭터가 조그맣게 그려져 있기 때문이다. 난 다시 볼 수 있게 되었다. 물론 도수가 잘 맞지도 않고 안경테가 좀 작기는 했지만 말이다. 솔직히 아주 작았다. 철사로 된 옷걸이로 얼굴을 마구 조이는 느낌이었다. 그렇지만 하루 정도, 엄마랑 다시 안경을 맞추러 가기 전까지 쓰기엔 충분했다. 그리고 생각했다. 암에 걸린 사람들도 쇼핑하러 갈까? 난 병원복을 입은 사람들로 가득 찬 슈퍼마켓을 상상했다. B급 좀비 영화에 나오는 좀비들처럼 우울한 얼굴로 카트를 끄는 사람들의 모습을.

그래도 계속 배가 고팠다. 그리고 지루했다.

내가 얼마나 지루했는지 모르겠는가? 내가 이다음에 뭘 했는지 알려 주면 바로 감이 올 거다. 나는 그레이 선생님의 시를 생각하기 시작했다! 엉덩이가 아픈 채로 읽었던 키츠의 '나이팅게일에게 부치는 노래'. 예전에 읽었을 땐 키츠가 미친 게 아닐까 싶었지만, 다시 보니 그는 그냥 나만큼 지루했던 것 같다. 새에게 시를 써 줄 만큼 지루한 상황이었다고 생각해 보자. 새 친구라도 있는 게 아무것도 없는 것보다는 낫다.

난 일어나서 창문을 열었다. 하지만 보이는 거라곤 난폭한 곰 인형 학살자 치와와뿐이었다. 녀석은 우리 집 정원과 옆집을 구분하는 큰 소나무 아래에서 쿨쿨 자고 있었다. 새는 보이지 않았다.

난 서랍장을 뒤져 목이 긴 양말 한 켤레를 찾았다. 그리고 개를 겨냥해 양말을 집어 던졌다. 왜 그랬는지는 묻지 마라. 그냥 개가 거기 있어서 그랬다. 에베레스트 산이 거기 있기에 오른 것처럼.

양말은 정확히 치와와의 머리에 명중했다. 녀석은 벌떡 일어나 놀라서 재채기하더니 양말을 입에 물고 으르렁대기 시작했다.

난 안전한 미사일을 찾기 위해 다시 벽장을 뒤졌다. 결국 이렇게 복수의 기회가 오는구나 싶었다. 벽장을 계속 뒤지던 나는 양말만 한 게 없다는 걸 알게 됐다. 저 똥개를 해칠 마음은 없었고 그냥 따끔하게 혼만 내 주고 싶었기 때문이다. 난 오래된 교복 양말을 사용하기로 했다. 없어져도 아무도 찾지 않을 양말.

그렇게 1분에서 2분 정도가 흘렀을까, 밖에서 목소리가 들려왔다. 늙은 치와와 부인이 소리를 질렀고 수지 아줌마도 알아들을 수 없는 말로 무어라 소리쳤다. 그리고 잠시 후 쿵쾅쿵쾅 계단을 올라오는 소리가 들렸다.

내가 창밖으로 또 양말을 던지려는 순간 엄마가 벌컥 방문을 열었다.

난 얼굴이 시뻘게졌다.

"필립, 케이시 부인이 네가 개를 괴롭힌다고 하더라. 네 양말이 옆집 풀밭에 잔뜩 떨어져 있어."

난 너무 당황한 나머지, 당분간 엄마랑 말을 안 하기로 다짐했던 것도 까먹었다.

"저게 내 건지 어떻게 알아요?"

내가 생각해도 바보 같은 소리였다.

난 엄마가 화를 내며 고함을 지르기를 기다렸다. 엄마는 평소에 아무 때나 소리를 지르는 분은 아니었지만, 그래도 마음먹고 하면 잘하는 분이었다. 그런데 이게 웬일? 엄마는 소리를 지르지 않았다. 그저 내 침대에 앉아서 말했다. 치와와 부인이 경찰, 왕립 동물학대방지협회, 사회복지단체, 노인봉사단체, 국

립복권 어쩌고 저쩌고에 연락하겠다며 수지 아줌마를 위협하고 있다고 말이다.

"복권이요?"

내가 물었다.

"농담이지, 코미디언 소년."

엄마는 이렇게 말하고 신발을 벗어 던졌다.

그러고는 침대 위쪽에 자리를 잡더니 물었다.

"그거 너 꼬맹이 때 쓰던 안경이니?"

난 안경테를 만졌다. 이걸 꼬맹이 안경이라고 부르는 게 마음에 들지 않았다. 스쿠비 두는 모든 연령대의 시청자들에게 인기 있는 캐릭터다, 안 그런가?

"무슨 생각으로 그랬어, 다 큰 멍청이 씨?"

"안 그랬어요."

"증거가 있는데?"

엄마는 눈을 감고 침대 머리에 기댔다.

엄마가 저런 식으로 내 침대에 눕는 건 정말 오랜만이었다. 어릴 때는 늘 저렇게 누워 책도 읽어 주었고 엄마가 어릴 때 들었던 옛날이야기도 해 주었다. 나는 그게 참 좋았다. 난 엄마가 눈을 뜨고 다시 입을 열기를 기다리며 엄마를 빤히 쳐다보았다. 서둘러서 이야기를 끝냈으면 좋겠는데, 엄마는 계속 누워 있기만 했다. 고통을 연장해서 날 당혹스럽게 만드는 새로운

전술을 시험하고 계신 걸까? 그렇다면 효과가 있었다. 난 정말 당혹스러웠다.

사실 5분밖에 지나지 않았지만 몇 시간이 흐른 것만 같았고, 난 더는 견딜 수가 없었다.

"죄송해요. 케이시 부인네 개한테 그러면 안 되는 거였는데."

난 최대한 뉘우치는 목소리로 말을 했고, 진심으로 그렇게 생각하고 있었다. 플러핑턴 경에게 한 짓 때문에 난 그 개가 싫었다. 하지만 개에게 실제로 해를 끼치지는 않았다. 똥개에게 양말을 던지는 것이 그의 존엄성 말고 다른 것까지 해치지는 않을 거라 생각했다. 그러나 엄마는 대답하지 않았다.

"엄마?"

엄마가 이 조용한 고문을 너무 오래 끌고 가는 것 같았다. 난 더 이상 기다리지 못하고 엄마에게 기대 엄마의 갈비뼈를 푹 푹 찔렀다. 그래도 엄마는 꿈쩍하지 않았다.

"엄마?"

엄마는 컹 소리를 내며 입을 살짝 벌렸다. 그새 잠이 든 거다. 불쌍한 엄마. 암에 걸린 것도 모자라 치와와를 미워하는 미친 아들까지 있으니 얼마나 피곤할까. 침대에 기대 누워 있는 엄마가 사랑스러워 보였다. 엄마는 너무나 편안하고 나른하게, 소리도 지르지 않고 잠들어 있었다. 엄마 안경이 흘러내렸길래 난 조심조심 안경을 벗겨 침대 옆 탁자에 내려놓았다. 안경을 벗으니 더 부드러워 보이고 한결 보기 좋았다. 난 담요를 끌어당겨 엄마를 덮어 준 후 양말을 던진 것에 대한 책임을 지기 위해 아래층으로 내려갔다.

점심시간의 영웅

앙은 치와와 양말 이야기를 너무 좋아했다.

다음 날 점심을 사려고 줄을 서 있는 동안 난 앙에게 전날 있었던 이야기를 해 주었다. 그러자 앙이 물었다.

"그래서 치와와 부인이 어떻게 했어?"

그러고 보니 내가 창밖으로 양말을 던진 이유를 아직 설명해 주지 않았었군. 우리는 좋은 친구 사이였지만, 아직 우리 엄마 가슴이 곧 하나 없어질 거라는 이야기를 나눌 정도는 아니었다.

"부인이 주스도 주고 코코넛 빵에 잼도 발라 줬지."

내가 대답했다.

"멋진데. 그러고 나서 아줌마가 경찰을 불렀어?"

앙은 내가 체포되기를 간절히 바라는 눈치였다.

"아니. 주스를 더 줬어. 나한테 미안해하는 것 같더라고."

"아줌마가 왜 너한테 미안해해?"

"몰라. 계속 나를 '불쌍한 강아지'라고 부르면서 미안해하시던데."

앙이 머리를 긁적이며 말했다.

"그럼, 네가 냄새나는 양말로 미친개를 공격했는데, 미친개 주인은 너한테 빵을 줬다 이 말이야?"

"양말에서는 냄새가 안 났고, 아줌마는 미치지 않았어. 나한테 엄청 친절했다고."

나를 위선자라고 불러도 좋다. 하지만 난 앙이 치와와 부인을 미친개 주인이라고 부르는 게 싫었다.

앙은 치와와 부인이라는 이름을 지어 준 게 나라는 것도 알고 있다. 하지만 앙이 아줌마를 놀리는 건 싫었다. 아줌마가 나한테 빵을 줘서 그러는 건 절대 아니다.

그런데 앙은 포기하질 않았다.

"내가 여기 처음 이사 왔을 때 네가 나한테 맹세하라고 했어. 케이시 부인이랑 그 집 똥개를 평생의 원수로 삼겠다고."

"그래서?"

"나도 아줌마한테 주스랑 빵을 얻어먹을 수 있었는데 너 때문에 못 한 거잖아. 이제 아줌마가 패리스 힐튼(미국의 사업가이자 모델이며 재벌가의 증손녀이기도 하다)처럼 핸드백에 개를 넣고 다니면서 개한테 뽀뽀한다고 할 참이니?"

"흠, 아줌마는 실제로 알프레드 피클스에게 뽀뽀를 엄청 많이 해. 근데 오늘 점심은 뭘까?"

"아니 도대체 알프레드 피클스는 또 누구야? 이 이야기랑 관계있는 사람이야?"

"이름이야. 개 이름."

난 앙이 제발 이 이야기는 그만 집어치워 주기를 바라며 대답했다.

난 기분이 찝찝했다. 앙이 치와와 부인과 그 개에 대해 알고 있는 내용 모두, 내가 해 준 이야기였기 때문이다. 앙이 직접 그 둘의 모습을 봤다면 앙도 마음을 바꿔 먹었을 거다. 둘은 정말이지 서로 죽고 못 산다. 치와와 부인은 알프레드 피클스가 자기 무릎 위로 올라와 얼굴을 핥고 침을 칠하게 내버려 둔다. 심지어 슬리퍼를 벗어 발까지 핥게 하는데, 그건 좀 징그럽다. 노인들의 발은 나무뿌리처럼 울퉁불퉁해서 정말 못생겼기 때문이다. 어쨌든 둘이 함께 있는 모습은 참 보기 좋다. 세계 최고의 단짝 같은 모습이다. 엄마도 개를 키워야 하지 않을까 하는 생각도 들었다. 내가 평생 엄마와 함께할 수는 없으니까 언젠가 내가 이 집을 나갔을 때 엄마에게도 공허함을 채울 무언가가 필요할 것 같아서 하는 말이다.

점심 줄이 0.5밀리미터 정도 줄었을 때 갑자기 4학년들이 우르르 들어와 겁에 질린 1학년들 앞에 끼어들었고, 우린 다시 처음 자리로 밀려났다. 난 앙이 나 대신 항의해 주기를 기대했다. 앙은 배가 고프면 짜증을 잘 내기 때문이다. 하지만 앙은 먼 곳을 보면서 미소 짓고 서 있을 뿐 별로 신경 쓰지 않았다. 내가 만약 이 세상의 왕이라면 새치기하는 녀석들에겐 종신형을 선고할 거라고 앙에게 말하려는데, 멀리서 루시와 미어캣 친구들이 주변을 두리번거리며 누군가를 찾고 있는 모습이 보였다.

난 목을 쭉 빼고 발돋움을 했다.

'여기야, 나 여기 있어.'

그리고 잠시 후 난 충격적인 광경을 목격했다. 모든 사람이 보는 앞에서 루시가 자기 지갑을 꺼내 거기 든 돈을 건넸다.

바로 설인에게.

앙도 그 장면을 보았지만 그는 칠푼이처럼 계속 웃고만 있었다.

설인은 히죽히죽 웃으며 그 뚱뚱하고 못생긴 손을 루시의 어깨에 얹었다. 참을 수 없었다. 난 주먹을 쥐고 줄 밖으로 걸어 나갔다. 설인 녀석, 각오하는 게 좋을 거다.

그런데 앙이 나를 잡아당겼다.

"너 스쿠비 두 안경 쓰고 있는 거 잊은 거야?"

"저 커다란 멍청이가 루시에게 돈을 뺏고 있잖아. 루시가 얼마나 무섭겠어."

"루시는 멀쩡해 보이는데."

앙이 이렇게 말하자 나는 앙도 때려 버리고 싶었다.

루시는 당연히 겁을 먹었을 것이다.

난 루시를 쫓아갔다. 그리고 앙도 나를 쫓아왔다. 앙이 점심밥 줄을 빠져나와 나와 함께 루시를 구하러 가다니. 친구란 바로 이런 것 아니겠는가!

루시 얼굴을 바로 앞에서 보니, 내 스쿠비 두 안경에 대해 자기 친구와 낄낄거리는 그 모습마저 여신처럼 아름답게 다가왔다. 그리고 바로 그 순간 내 뇌에 이상이 생겼다. 신경 전달 물질의 80퍼센트가 갑자기 일을 멈춘 것 같았다. '루시, 괜찮은 거니?' 하고 물어야 하는데 입에서 웅얼웅얼 끙끙 앓는 소리만 나왔기 때문이다.

난 자신감을 회복하기 위해 스쿠비 두 안경을 벗었다. 그랬더니 앞이 제대로 보이지 않아 나도 모르게 루시에게 눈을 찡그리게 됐다. 찡그린 비호감 스토커처럼 보이고 싶지는 않았기에 난 다시 안경을 썼다.

"돈이…… 음, 설인…… 음…… 점심…… 음."

내가 말했다. 머릿속으로는 '루시, 설인이 네 점심 값을 뺏어 갔니?'라고 말한 건데 입 밖으로 나온 소리는 이상하고 괴상한 동요 같았다.

"돈이음, 설인음, 점심음."

"라임이 괜찮, 음."

앙은 이렇게 말하더니 엄청 큰 소리로 재채기를 했다.

루시 친구들이 모두 앙을 쳐다보았다. 루시가 앙의 어깨에 손을 얹더니 말했다.

"괜찮아? 여기, 내 물 좀 마셔."

앙은 또 재채기를 하더니 루시가 건넨 물병을 받았다. 앙은 좋아서 입이 귀에 걸렸다. 바보 같은 녀석. 왜 웃는 거야?

"할 말 있어?"

루시가 물었다.

난 루시를 쳐다보면서 내 입에서 제대로 된 말이 나오길 기다렸다.

"설인…… 그 애가…… 넌…… 그랬니?"

내가 무슨 말을 하고 싶었는지 여러분은 잘 알 것이다.

"어디 아픈 거야?"

루시가 물었다.

"무슨 암호나 랩 같은 거 아닐까?"

루시의 짜증 나는 친구가 옆에서 말했다.

그러자 세상에, 앙이 평생 가장 웃긴 말을 들은 것처럼 푸하하하 웃음을 터트렸다.

난 '그러고도 네가 내 친구냐'하는 표정으로 앙을 노려보았지만 앙은 하이에나처럼 계속 컹컹 웃어 댔다. 엉뚱한 데 웃음을 터트리는 진짜 멍청이 하이에나처럼.

"에디 리틀이 네 돈 뺏어 갔어?"

난 마침내 제대로 말을 했다.

루시의 얼굴이 붉어졌다. 루시가 시선을 떨구자 머리카락이 흘러내려 얼굴을 가렸다. 난 손을 뻗어 루시의 머리카락을 쓸어 올려 주고 싶었다. 그러나 곧바로 루시는 머리카락을 뒤로 홱 젖히며 나에게 소리쳤다.

"그게 너랑 무슨 상관인데, 필립 라이트?"

순간 난 망했다는 걸 깨달았다. 여자애들은 진심으로 열 받았을 때에만 성과 이름을 통째로 부른다. 그리고 내 생각이 맞았다. 루시는 왜 나더러 쓸데없는 데에 간섭하냐며 쏘아붙이고는 친구 팔을 붙잡고 쿵쿵 걸어가 버렸다.

젠장, 짜증 나는 친구는 걸어가면서도 흘끔흘끔 뒤를 돌아보았다. 물병을 다시 돌려받고 싶은 모양이었다. 하지만 앙은 그게 무슨 상이라도 되는 양 꽉 쥐고, 모자란 놈처럼 웃고 있었다. 한 대 패 줄 걸 그랬다.

해리 힐 씨에게

바쁜 분이라는 건 알고 있지만, 저도 점점 참기가 힘드네요. 지금 네 번째 편지를 쓰고 있는데 아직 답장을 한 통도 못 받았어요.

제 상황은 한층 더 엉망이 됐어요. 엄마 문제도 문제지만, 저를 괴롭히는 깡패 녀석이 제 여자인 친구(진짜 여자 친구는 아니에요)까지 괴롭히고 있는 것 같아요. 또 제 친구(얘는 진짜 제 친구예요)는 얼간이 같은 행동을 하면서 입맛을 잃었어요.

제 삶이 얼마나 엉망인지 모르시겠나요? 후배 코미디언이 이렇게 고통 받고 있는데 아무렇지도 않으신가요? 어서 답장을 좀 주세요. 제발요.

그럼 이만……

필립 라이트

16
긍정적으로 생각하기

 엄마가 병원에 입원하는 게 기대된다고 말해도 날 너무 이상하게 보지 않았으면 좋겠다. 엄마의 수술에 큰 충격을 받아야 마땅하다는 건 나도 알지만, 사실 난 병원을 좋아한다. 해리 힐이 코미디언이 되기 전에 의사가 되고 싶어 한 이유를 이해할 것 같다. 우선 병원은 사람들의 생명을 구하는 곳이라서 좋다. 게다가 거기 있는 장비들이 모두 멋지다. 죽어 가는 사람들에게 충격을 줄 때 사용하는 기계 같은 것, 모니터, 약물 투여기 등 모든 게 말이다.
 솔직히 말해서 엄마가 입원하는 게 조금 신난다. 입원 전날 온종일 부산스럽게 움직이는 걸 보니 엄마도 입원이 기대되는 모양이었다. 학교를 마치고 집에 돌아오니 엄마는 또 한 차례

격정적으로 청소를 하고 있었다. 집 안의 물건들을 모두 제자리로 옮기고, 식탁은 또 어찌나 박박 닦는지 누가 보면 엄마가 거기에 누워서 수술을 받는 줄 알 것이다. 암 진단을 받은 이후로 엄마는 완전히 결벽증에 걸렸다. 마치 자기 목숨이 걸린 것처럼 청소를 한다. 마치 세상의 모든 세균을 엄마 혼자서 모두 다 없애 버리려는 것 같았다. 난 엄마에게 이래 봤자 시간 낭비일 뿐이라고 말해 주고 싶었다. 암은 세균 때문이 아니라 통제 불능의 세포 증식 때문에 생기는 거라고 인터넷에서 그랬다.

하지만 난 굳이 말을 하지 않았다. 괜히 엄마의 환상을 깨고 싶지 않았기 때문이다. 난 그냥 엄마를 쫓아다니면서 엄마가 청소하는 동안 심심하지 않게 오래된 농담만 한 보따리 풀어냈다.

그리고 수술 당일, 수지 아줌마는 나더러 학교를 하루 빠지라고 했고, 같이 안경을 사러 가자고 했다(난 이 일에 약간의 죄책감을 느끼고 있다). 난 인간이기에 결석하는 게 너무 기뻤고, 기쁜 티를 내지 않으려 했지만 잘 안 됐다.

수지 아줌마는 하루 종일 안경을 사고 외식도 하자고 했다. 난 안경 사는 게 하루 종일 걸릴 일인가 싶었지만 그냥 따라갔다. 역시 내가 옳았다. 난 가자마자 마음에 드는 안경테를 골랐다. 하지만 수지 아줌마가 안 된다고 했다. 아줌마는 '실용적인' 가격의 안경테를 사지 않으면 엄마 수술비가 모자랄 테고, 그러면 두 바늘을 덜 꿰매게 되어 엄마가 탈장으로 고생할 거라고 했다. 난 아줌마의 농담이 재미없었다. 내가 원하는 (해리 힐 안경처럼 크고 까만) 안경테는 사지 않은 채 우린 괜히 안경점에서 너무 많은 시간을 허비하고 있었다. 난 차라리 맹인이 되면 얼마나 편할까 하고 생각하기에 이르렀다. 이 귀찮은 짓을 하지 않아도 되니까 말이다. 회색 써 봐, 벗어 봐, 은색 써 봐, 벗어 봐, 아니야, 아니야, 다시 써 봐. 회색을 다시 써 봐. 아니, 저 회색, 저 회색 말이야. 그렇게 한 시간쯤 지나자 난 녹슨 숟가락으로 내 눈알을 파내고 이 귀찮은 짓에서 벗어나고 싶었다.

내가 쇼핑을 싫어한다고 말했던가? 나랑 가게에서 세 시간을 보내고 나더니 수지 아줌마도 쇼핑을 싫어하게 되었다.

"이 짓 다시는 안 해."

아줌마는 안경점 옆 카페 의자에 털썩 주저앉으며 말했다.

난 아줌마가 진심으로 나랑 외출하기 싫어서 그런 게 아니라 엄마가 너무 걱정돼서 그랬던 거라고 생각한다. 아줌마는 계속 손톱을 물어뜯으며 이런 이야기를 했다. '이제 수술 시작하겠지.' '지금쯤 회복 중일 거야.' '아마 지금은······.'

솔직히 어른들은 구제 불능이다. 자기 걱정거리를 계속 입 밖으로 떠드는 게 결코 좋은 전략이 아니라는 걸 왜 모르는가? 이러는 건 상황을 더 악화시킬 뿐인데 말이다.

그리고 난 크게 걱정이 되지 않았다. 엄마가 다 잘될 거라고 말했고, 난 엄마를 믿었다. 엄마는 내 인생에서 가장 중요한 사람이다. 늘 거기에 있으면서, 이런저런 일을 하고, 내 신경을 건드리고, 모든 걸 알고 있는 유일한 사람. 말 그대로 엄마에게 나쁜 일이 벌어지는 건 상상할 수가 없었다. 상상을 해 보려 해도 내 마음이 곧장 고장 난 컴퓨터 화면처럼 까맣게 꺼져 버렸다.

정말로 솔직히 말하자면 난 엄마보다 그레이 선생님의 시가 더 걱정됐다. 이제 당장 다음 날이었다. 내가 왜 시를 쓴다는 소리를 했던 걸까? 난 정말 시인의 자질이 없는 사람인데. 시인은 언제나 비극적이고 슬픔에 싸여 있고 젊은 나이에 죽는다. 난 웃기고 행복하고 90대까지 살 계획이다. 내가 실제로 시를 쓰지 못하는 세세한 사항까지 다 열거할 필요도 없다. 그런데도 나는 24시간 안에 벌어질 생애 첫 시 발표회를 위해 시 한 편을 만들어 내야만 했다.

TV에 나온 작가들이 글쓰기에 대해 하는 말을 들어 본 적 있는가? (작가들이라고 했지만 사실 블루 피터 채널에서 딱 한 명 본 게 전부다.) 음, 그 작가는 자기 자신이나 자신이 아는 것에 대해 글을 써야 한다고 했다.

하지만 난 그게 형편없는 조언이라고 생각한다. 왜냐하면 대부분의 사람은 그냥 일어나서 학교에 가거나 직장에 갔다가 다시 집에 돌아와 차를 마시는 생활을 한다. 도대체 이런 이야기를 누가 읽고 싶어 하겠는가? 난 모험/범죄/액션/공상 과학 소설을 좋아하지만, 그렇다고 내가 좋아하는 작가들이 치즈 자르는 철사로 러시아 스파이를 목 졸라 죽이거나, 바쁜 런던 거리의 깃대에 거꾸로 매달려 있거나, 화성으로 여행을 했을 거라 생각해 본 적은 단 한순간도 없다. 그래서 난 그 작가의 말은 약간의 조언 정도로만 받아들이려 한다. 어쨌든 나 자신과 내가 지금 처한 상황, 엄마의 상황 같은 걸 생각하다 보니 난 대단한 아이디어가 떠올랐고 이걸 시로 쓸 수 있을 것 같았다.

오 찌찌, 안녕
오 찌찌, 잘 가,
오 엄마, 울지 말아요.
그런 큰 울 재킷을 입고 있으면
아무도 못 알아본단 말이에요.

다시 생각해 보니, 안 될 것 같았다.
"아줌마, 시 쓰는 데 소질 있어요?"
수지 아줌마에게 물었다.
"뭐? 시?"
아줌마가 손톱을 물어뜯으며 대꾸했다. 아줌마가 입에서 손을 떼고 말했다.

"이제 가면 엄마를 만날 수 있을까?"
"미쳤어요? 여태껏 시 하나밖에 못 썼다고요."
"뭐라고?"
수지 아줌마는 계속 손톱을 뜯었다.
"아, 아니에요."
난 내 머릿속에서 시에 관련된 생각들을 전부 다 몰아내려 애썼다.
"병원에서 3시 지나서 오랬잖아요, 기억 안 나요?"
"기억나지, 그렇지만……."
아줌마는 계속 손톱을 물어뜯었다. 아줌마의 셀프 식인 행위가 너무 무서워서 난 농담으로 아줌마의 관심을 다른 데로 돌리기로 했다.

환자: 의사 선생님, 매번 차를 마실 때마다 눈을 찌르는 듯한 고통을 느껴요.
의사: 우선 찻숟가락을 빼고 마셔 보세요.

내 농담은 효과가 있었다! 아줌마는 깔깔거리며 웃다가 손톱을 삼킬 뻔했다.
"넌 정말 비타민 같은 녀석이야. 네가 엄마 곁에 있어 주면 아무 문제 없을 거야. 긍정적이고 쾌활하면 병도 빨리 낫는다잖아. 그런 걸 PMA라고 불러, 긍정적인 마음가짐(Positive Mental Attitude)을 줄인 말이지."

"농담이 정말 의학적으로 효과가 있다는 이야기인가요? 멋져요!"

내가 아픈 사람들을 방문해서 개그를 하면 내 덕분에 그 사람들 병이 나을 수도 있다니. 와우! 세계 최고의 힐링 코미디언이 되어 아픈 사람들이 건강을 되찾고 장수할 수 있도록 도울 수 있다니! 유머 감각을 지닌 예수라고나 할까?

난 PMA라는 것 때문에 정말 흥분이 됐고 해리 힐에게 편지를 써야겠다고 다짐했다. 지난번 편지에서 화를 냈던 걸 사과해야 하나 말아야 하나 고민이 됐지만, 결국 사과하지 않기로 했다. 괜히 이야기를 꺼냈다가 일이 더 안 좋아질 수도 있을 것 같았기 때문이다. 난 해리 힐을 언짢게 하고 싶지 않았다. 엄마가 아프니 그의 존재가 내게 더 소중해졌다.

해리 힐 씨에게

PMA라는 말 들어 보셨나요? 긍정적인 마음가짐이라는 뜻이래요. 정말 대단하지 않나요? 아픈 사람이 긍정적이고 행복한 상태를 유지하면 병이 나을 수도 있대요. 말도 안 되는 소리라고 생각하실 수도 있다는 거 알아요. 하지만 아저씨라면 이미 들어 보셨으리라 믿어요. 혹시 처음 듣는 이야기라면 이번 기회에 알아보시는 것도 좋겠네요.

엄마가 긍정적이고 행복한 상태를 유지할 수 있게 도와드리고, 그게 엄마 건강에 어떤 영향을 끼칠지 두고 볼 생각이에요. 뭔가 변화가 생기면 또 알려 드릴게요. 아시겠죠?

그럼 이만······.

필립 라이트

추신: PMA가 정말 사실이라면 그게 의학적으로 중대한 돌파구가 될 수도 있을 거예요. 우리 같은 코미디언은 돈도 많이 벌고 유명해질 수 있고, 엄마는 병이 다 낫겠죠.

난 문득 해리 힐은 이미 유명하고 부자라는 사실을 깨달았다. 하지만 그냥 고치지 않고 내버려 두기로 했다.

집으로

 난 며칠 동안 새 안경을 엄마에게 보여 주지 않았다. 해리 힐 안경이라는 걸 알고 난리 치며 소리를 지르다가 수술 부위에 문제가 생길까 봐 걱정됐기 때문이다. 하지만 며칠 후 안경을 쓴 내 모습을 본 엄마는 그냥 이렇게 말했다.
 "이런, 해리 힐의 틀에 갇혀 버렸군."
 아픈 사람의 농담치고 꽤 괜찮았던 것 같다, 안 그런가?
 "걱정하지 마. 하나 사면 하나 더 주는 거라서 싸게 샀어. 다만 컴퓨터에 빠진 괴짜 같아 보여서 문제지만!"
 수지 아줌마가 나 대신 대답했다.
 "응, 덕후 같네."
 엄마가 말했다. 그러더니 둘이 낄낄거리며 웃었다. 난 말 한 마디 하지 않고 엄마를 웃겼다. 이 PMA라는 것이 정말 효과가 있다면 엄마는 머지않아 완쾌될 것이다. 그런데 의사가 나타나서 분위기를 다 망쳐 버렸다.

의사가 내일 퇴원해도 된다고 했더니 엄마가 어쨌는지 아는가? 바로 울음을 터트렸다. 어른들은 당최 믿을 수가 없다는 게 여기에서도 드러난다. 엄마는 병원이 너무 싫고, 너무 지루하고, 냄새도 이상하고, 빨리 나랑 집에 가고 싶다고 숱하게 이야기했었다. 그러면서 마음속으로는 병원에 있는 게 좋았던 거다. 그러니 집에 가기 싫어서 저렇게 울지.

앞서 이야기했듯이 나도 병원을 꽤 좋아하지만, 일주일이면 충분했다. 이제 엄마가 집에 돌아올 시간이었다. 뭐, 괜찮다. 엄마가 나랑 같은 심정이 아니었다고 해도 상관없었다.

하지만 나와 집에 돌아가는 게 싫은 건 그렇다 치고, 코 골고 신음소리 내는 낯선 사람들을 더 좋아한다는 건 도저히 받아들일 수가 없었다. 의사가 도대체 나를 뭐라고 생각할까? 엄마가 벗어나고 싶어 하는 몹쓸 아들 정도로 생각하지 않을까? 엄마를 채널 4 충격 다큐멘터리 같은 데 나와서 '비행 청소년 아들에게서 벗어나기 위해 장기를 제거해야만 했어요'라고 말하는 사람들 중 하나로 보지 않을까?

그러나 의사 역시 우리 이야기에 별 감흥이 없었던 모양인지, 엄마가 병원에 더 머무르는 걸 허락하지 않았다. 엄마는 계속 훌쩍이면서 아직 준비가 안 됐고 이겨 낼 수 없다고 말했지만, 의사는 엄마가 못 알아들을 말이라도 하는 것처럼 무표정하게 바라보았다. 인정사정없다는 게 이런 것이구나 싶었다. 난 그에게서 약간의 경외감마저 느꼈다. 그리고 나에게 돌아오고 싶어 하지 않는 엄마가 그런 대접을 받아서 약간 고소한 마음이 들기도 했다.

다음 날 엄마는 집에 돌아왔고, 내 인생 최악의 몇 주가 이어졌다. 엄마는 정말 답이 없었다. 너무 많이 자고 너무 많이 울고 차도 너무 많이 마셨다. 한번은 엄마가 제일 좋아하는 잔에 차를 담아 갖다 줬는데, 엄마는 차 색깔이 잘못됐다며 울음을 터트렸다. 한쪽 가슴이 없어지면 색맹이 되는 걸까? 내가 보기에 차 색깔에는 아무 문제도 없었단 말이다. 게다가 맛에도 아무 문제가 없었다. 엄마에게 차를 내가기 직전에 한 모금 먹어봐서 안다. 난 차를 들고 울고 싶은 기분이었지만, 내가 그렇게 유치한 애는 아니다.

게다가 시간도 없었다. 할 일이 오만 가지였다. 세탁기에 빨래를 넣고, 빨래를 꺼내고, 빨래를 널고, 그걸 다시 걷고, 빨래를 개고, 제자리에 넣어야 했다. 다림질까지는 하지 않아도 됐다. 왜냐하면 엄마가 생각하기에 나와 뜨거운 다리미는 위험한 조합이었기 때문이다. 난 모욕적이라고 생각했지만, 굳이 따지지는 않았다. 아까도 말했듯이 할 일이 너무 많았기 때문이다. 솔직히 말해서 빨래가 너무 많아서 일주일 동안 같은 양말을 신고 싶은 심정이었다. 우리 모두 좀 더 알뜰한 의복 착용을 하자. 옷이 뭐가 중요한가.

결국 엄마는 자리에서 일어나 돌아다니면서 집안일을 하기 시작했다. 하지만 수술 전의 광적인 청소 집착 상태로 돌아가지는 않았다. 그러다 보니 집은 조금씩 지저분해지기 시작했다. 물건을 제자리에 정리하는 것 따위는 이젠 엄마에게 중요하지 않았다.

해리 힐 씨에게

점점 참기 힘들다고 말한 거 죄송해요. 종일 TV 보시느라 바쁘고 피곤하신 거 알고 있어요. 그래서 정말 죄송해요. 저 때문에 더는 기분 나빠 하시지 않았으면 좋겠어요.

엄마는 수술을 받으셨어요. 절제술 같은 건데 어디를 절제했는지는 말하고 싶지 않네요. 어쨌든 엄마 때문에 할 일이 오만 가지라, 이러다 힘들어서 죽겠구나 싶어요. 그래서 한동안 편지 쓸 시간이 없을 것 같네요.

그리고 혹시 편지 쓸 시간이 나면, 그때는 미친 듯이 시를 써야 할 거예요. 영어 선생님이 제 시를 들어 보시겠다고 아직도 기다리고 있거든요. 그러니 제가 편지를 안 보낸다고 해도 제가 바빠서이거나 시 쓰기 싫은 마음에 펜으로 저를 찔러서이니, 아저씨가 미워서 그러는 게 아니라는 걸 알아주셨으면 합니다.

   저를 용서해 주세요. 저는 여전히 아저씨를 최고로 좋아하는 팬입니다.

   그럼 이만…….

필립 라이트

18
재앙의 미다스 왕

2~3주 동안 아무것도 안 하고 늘어져 있으면서 내가 끓인 차만 마시던 엄마는 다음 단계를 위해 병원으로 돌아갔다. 의사는 엄마를 낫게 하기는커녕 더 아프게 만들었다. 듣자 하니 그게 '치료'였다.

불쌍한 우리 엄마. 엄마는 자고 있지 않을 때는 토했고, 자고 있지도 않고 토하지도 않을 때는 울고 있거나 걱정을 하거나 나에게 기껏 차를 가져오라고 해 놓고 마시지 않았다. 불쌍한 엄마, 불쌍한 나. 엄마는 개그감을 잃었다며 나에게 사과했고, 그 모습이 상당히 배려심 있어 보였다.

처음에는 나도 이렇게 말했다.

"그런 말 하지 말아요, 엄마. 엄마는 아프잖아요. 아픈 사람이 재밌기를 바라는 사람은 없어요."

하지만 시간이 갈수록 나도 지쳐 갔고, 내가 힘을 내기 위해 엄마가 아주 조금만이라도 노력해 줄 수는 없을까 싶었다.

사람 일이 늘 그렇듯, 나쁜 일은 엄마의 병에만 국한되지 않았다. 암은 내 삶에도 생겨 버렸다(은유 같은 거다). 내가 손을 대는 일마다 모두 재앙이 되었다. 마치 내가 저주에 걸린 미다스 왕이 된 기분이었다. 손대는 것마다 황금으로 변하는 게 아니라, 내가 손대는 것마다 고약한 냄새가 나는 쓰레기로 변해 버리는 재주가 생긴 거다.

미다스(Midas)의 철자를 재배열하면 '난 슬퍼'(I'm sad)가 된다는 걸 아는가? 정말 기이하지 않은가! 하지만 사실이었다. 왜냐하면 내가 슬퍼졌기 때문이다. 나의 나쁜 일 목록을 들어 보면 내가 왜 이러는지 이해할 것이다. 미리 경고하는데 '유방'이라는 단어가 포함될 수 있다.

나쁜 일 첫 번째: 난 그레이 영어 선생님 앞에서 유방이라는 단어를 말했다.
나쁜 일 두 번째: 앙이 루시와 사랑에 빠진 것 같다.
나쁜 일 세 번째: 루시가 앙과 사랑에 빠진 것 같다.
나쁜 일 네 번째: 엄마 머리카락이 모두 빠졌다.

목록을 보면 시 문제는 아예 들어가지도 않았다는 걸 알 수 있을 거다. 설명하자면 사실 그레이 선생님은 몇 주 동안 나를 괴롭혔고 그 결과 '나쁜 일 첫 번째'가 나오게 되었다.

나는 종교 교육 시간에 일부러 기침을 해서 점심시간에 남아야 하는 벌을 받았고, 그 핑계로 그레이 선생님과의 만남을 몇 차례나 미뤘다. 종교 교육 선생님인 박스 선생님(진짜 이름이 저렇다)은 기침 소리를 싫어한다. 기침 소리뿐 아니라 소음이라면 종류를 막론하고 싫어하고 완벽한 정적 속에서 수업하는 걸 선호한다. 내 생각에 선생님은 소음 관련 피해망상이 있는 것 같다. 선생님은 우리가 늘 선생님을 속이고 놀린다고 생각하기 때문이다. 물론 선생님의 생각이 사실이기는 하지만, 안 그러면 지루해서 죽을 것 같은데 어쩌란 말인가. 어쨌든 나는 의도적으로 박스 선생님을 성가시게 하기 시작했다.

박스 선생님은 점심시간에 남게 하는 벌을 좋아하니까, 벌을 한 번 받을 때마다 영어 선생님과의 만남을 한 차례씩 피할 수 있었다.

그러나 결국 난 그레이 선생님에게 붙잡히고 말았다.

금요일 영어 수업이 끝나고 교실에서 몰래 빠져나가려는데 선생님이 날 잡았다.

"필립 라이트. 정말 실망이구나. 3주 연속 수요일 점심시간마다 널 기다렸는데 안 오더라."

빨강은 죄책감의 색깔일까? 내 귀는 새빨갛게 죄책감에 물들었다. 마치 불이 붙은 것 같았다.

"왜 못 오는지 설명조차 하지 않았어."

선생님이 계속 말했다.

앙이 나에게 곤란한 상황에 빠졌을 때는 아무 말도 하지 말라고 조언을 한 적이 있다. 그래서 나는 앙의 조언을 받아들여 입을 꾹 다물었다. 하지만 그게 그레이 선생님을 더 자극한 것 같았다. 선생님은 나를 빤히 쳐다보며 내가 대답하기만을 기다렸다. 아무리 기다려도 대답이 없자 이렇게 말했다.

"너에게 정말 실망했다, 필립."

으, 선생님은 왜 그런 말을 했을까. 난 사람들을 실망시키는 게 싫다. 사람들이 나를 형편없고 쓸모없는 놈이라고 생각하는 것도 싫다. 비록 내가 정말로 형편없다고 해도, 선생님이 실망하는 것은 싫었다. 그래서 나는 곧장 입을 뗐다.

"지금 할까요?"

'귀가 먹먹할 정도의 침묵'이라는 말을 들어 본 적 있는가? 조용한데 어떻게 귀가 먹먹할 수 있냐며 이상한 소리라고 할지도 모른다. 하지만 영어 선생님과 책상을 사이에 둔 채 마주 보고 앉아 있으면 그게 무슨 말인지 이해할 수 있을 것이다. 그레이 선생님은 워즈워스와 다른 시인들에 대한 질문을 끝도 없이 쏟아 냈고 난 그냥 거기 앉아서 나의 침묵으로 선생님의 귀를 먹먹하게 만들었다.

 너무나도 순수한 적막이라 공기 중에 분자가 움직이는 소리까지 들렸다. 머릿속에서 쿵쿵 맥박이 뛰는 소리와 비슷했다. 시간이 갈수록 소리는 점점 더 커졌다.

 "주제는 마음에 들었니?"

 선생님이 캐물었다.

 난 책상만 바라보았다. 책상이란 참 흥미로운 물건이다. 대부분의 사람은 시간을 들여 책상을 찬찬히 관찰하지 않는다. 책상의 스타일이나 디자인 말고 책상 표면 말이다. 책상의 표면을 자세하게 들여다보면 미세하게 긁힌 자국과 찔린 구멍, 얼룩 등이 보인다. 이 책상의 경우에는 탄 자국도 있었다. 지난 여름 피트 진저넛 매케너라는 녀석이 책상 위에서 시험지를 불태우려고 했었기 때문이다. 피트는 정학을 당했고 우리는 시험을 다시 치러야 했기에, 결과적으로 모두에게 윈-윈이 아니라 루즈-루즈가 되고 말았다. 그래도 책상에 역사는 남겨졌으니 다행이다.

 그레이 선생님이 헛기침을 했다.

 "필립, 그럼 네가 쓴 시는 어떻게 됐니?"

 그나마 대답할 수 있는 질문이 나와 다행이라는 생각이 들었다. 적어도 내가 쓴 시가 무슨 내용인지는 알고 있으니까. 난 주머니에서 구겨진 종이를 꺼내 피트 매케너가 만든 그을린

자국 위에 내려놓았다.

이상하게도 그레이 선생님은 내 시에 그다지 감명을 받지 않은 모양이었다. 시를 읽는 도중에 선생님의 이마에 작은 주름이 지어졌다. 선생님은 종이를 다시 접더니 물었다.

"더 없니?"

"아직은 없는데요."

난 이렇게 모호하게 대답하면 선생님이 화를 안 낼 줄 알았는데 내 생각이 틀렸다. 잔뜩 실망한 선생님의 표정은 괴물도 놀라 달아날 만큼 무서워 보였다.

"하지만 새로운 걸 짓고 있는 중이에요."

난 선생님을 실망하게 하지 않으려고 거짓말했다.

"아, 그러니? 한번 들어 볼까?"

선생님의 얼굴이 살짝 밝아졌다.

난 선생님을 바라보았다. 책상을 보았다. 바닥도 보았다. 그레이 선생님은 용기를 북돋우는 미소로 나를 부추겼다. 곧 열세 살이 되는 아이보다는 이제 막 걸음마를 배우는 아기에게 지어 보일 것 같은 미소였고, 앙의 엄마가 내게 '아이고, 이 귀여운 똥강아지 같은 녀석'이라고 말하는 듯한 미소였다. 앗! 그 미소가 그런 의미였군! 고맙습니다, 앙의 어머니. 저를 귀엽게 봐 주셔서.

난 입을 열었다. 그리고 연극을 하듯이 절절한 목소리로 이렇게 말했다.

"사랑이 있는 곳에 고통이 있다."

선생님은 감명받은 것 같았다. 미소를 지으며 고개를 끄덕였기 때문이다. 난 눈을 감고 손가락으로 관자놀이를 누른 다음 그 부위를 마사지했다. 그래야 창의적이고 사려 깊은 사람으로 보일 것 같아서다.

"빛이 있는 곳에 어둠이 있다. 침묵이 있는 곳에 소음이 있다."

나 역시 감명받았다. 시 짓기가 식은 죽 먹기보다 쉬웠다. 그냥 아무 단어나 임의로 던져 놓고 잘 어울리는 척하면 끝이었다. 난 이런 나 자신을 만족스러워하며 네 번째 문장을 지어내기 위해 입을 열었다.

"그리고……."

난 얼어붙었다.

그리고 다시 시작했다.

"그리고……."

다시 얼어붙었다.

난 자리에 앉아서 입을 뻐끔뻐끔했지만 아무 소리도 나오지 않았다. 물 밖에서 뻐끔거리며 죽어 가는 금붕어가 된 기분이었다. 실제로 난 물 밖에 나온 금붕어를 본 적이 있다. 유치원에 다니던 시절, 지미 팔머라는 녀석이 교실에 있던 수조에서 금붕어를 꺼내 와서는 모래 놀이를 하던 구덩이에 집어넣었다. 금붕어는 모래에서 노는 걸 좋아하지 않았다. 그냥 죽어 버렸다. 우리를 향해 소리 없이 도움을 요청하며 입을 뻐끔거리더니 얼마 안 가 죽어 버렸다. 내가 바로 그런 물고기가 된 기분이었다.

물에 빠져 죽기 직전에 살아온 삶이 눈앞에 영화처럼 스쳐 지나간다는 말 들어 본 적 있는가? 그 일이 나에게도 일어났다. 물에 빠진 사람 앞에는 빨리 시를 지어보라고 재촉하는 영어 선생님이 없으니 내가 더 심각한 상황이라 할 수 있겠지만. 어쨌든 나를 괴롭히던 모든 것들이 한꺼번에 머리를 스치고 지나갔다. 설인, 엄마, 해리 힐, 엄마, 여신, 엄마, 앙, 엄마, 가난한 사람들, 엄마, 치와와 부인과 치와와, 엄마······.

여기서 어떤 패턴이 드러나지 않는가? 굳이 천재가 아니어도 누구나 알 수 있을 것이다. 내가 인식하고 있는 것보다 훨씬 더 많이, 엄마를 걱정하고 있다는 걸. 아니면 혹시 내가 천재인 걸까? 그렇다면 커서 천재 심리학자가 되어 사람들이 무엇을 걱정하고 있는지 알아낼 수도 있겠군.

"필립, 괜찮니?"

그레이 선생님이 물었다.

그제야 나는 내 눈가에 눈물이 맺혔다는 걸 깨달았다.

'으악, 안 돼. 선생님 앞에서 울 수는 없어.'

"필립?"

그레이 선생님은 교사가 아닌 진짜 사람 목소리 같은 기이하면서도 부드러운 목소리로 재차 물었다.

"왜 그러는지 말해 볼래?"

"엄마!"

난 눈물을 말리려고 눈을 깜빡거리면서 꽥 소리쳤다.

"아."

선생님이 대답했다.

"아파요!"

난 또 꽥 외쳤다.

"음. 그래."

선생님이 나를 달래듯 대꾸했다.

"유방."

내가 속삭였다.

"응?"

"유방."

난 좀 더 큰 소리로 말했다.

'암'이라는 단어가 미처 따라 나오지 못하고 내 목구멍 뒤쪽에 걸려 있는 것 같았다. 그래서 다시 한번 시도했다.

"유방."

부드러운 목소리는 거기서 끝이었다. 그레이 선생님의 얼굴이 홍당무처럼 새빨갛게 달아올랐다. 선생님은 자리에서 벌떡 일어나더니 블라우스 단추를 목 끝까지 채우며 달아났다.

  세상에! 내가 선생님 가슴 이야기를 한 줄 안 건가?

  세. 상. 에! 나를 그냥 죽여 줘! 당장!

19

비밀과 거짓말

난 당장 학교를 뛰쳐나와 집으로 갔다. 난 앙에게 모든 이야기를 털어놓고 싶어 견딜 수가 없었다. 최근에 앙과의 사이가 조금 어색해졌지만, 그레이 선생님의 가슴 이야기는 우리를 다시 화해시키기에 충분했다.

내가 너무 비밀스러웠다는 게 문제였다. 난 앙에게 엄마 이야기를 전혀 하지 않은 상태였다. '저기, 앙, 우리 엄마 유방 소식 들었어? 우리 엄마 이제 유방이 한 짝이야.' 이런 말을 어떻게 한단 말인가. 앙이 웃으면 어쩌지? 입을 꾹 다물고 심각해지면 더더욱 어쩌지?

또 문제는 비밀스러운 건 전염이 된다는 거였다. 내가 앙에게서 멀어지자 앙도 나에게서 멀어졌다. 앙은 내 행동이 이상하다고 말했지만 내가 보기에 이상한 건 앙이었다. 내가 집에 찾아갔을 때도 누군가랑 페이스북을 하느라 바쁘다고 했었다. 무슨 놈의 친구 사이가 이런가? 내가 버젓이 문간에 서 있는데, 사이버 공간에 있는 누군가가 왜 필요하단 말인가. 전화를 걸었을 때도 앙은 거의 언제나 다른 일로 바쁜 목소리였다. 왜 늘 나 아닌 다른 누군가와 대화하느라 바쁜 것인가? 물론 내가 늘 재미있는 친구가 아니라는 건 나도 안다. 엄마 이야기가 나오면 내가 대화를 피했던 것도 인정한다. 지금도 그렇기는 하다.

요즘은 점심시간에도 앙을 보지 못할 때가 있었다. 보통은 늘 만나는데 말이다. 따로 약속하지 않아도 우린 그냥 만나지곤 했다. 하지만 지난주에는 앙이 늘 있는 자리, 자판기 옆에서도 앙을 보지 못했다(앙은 단 거라면 뭐든 좋아해서 음료수도 많이 마신다). 그래서 두 번이나 일부러 앙을 찾아 나섰더랬다. 오늘은 도서관으로 향하는 앙을 발견했다. 점심시간에 도서관이라니, 난 앙이 어디 아픈 게 아닐까 생각했다. 그래서 그 애를 쫓아갔다. 그리고 나는 절대 잊을 수 없는 장면을 목격하고 말았다. 앙이 루시와 미어캣 홀리랑 같이 시시덕거리면서 앉아 있었다.

그 애들은 책을 읽으며 서로 속닥거리고 있었다. 루시의 머리가 앙의 머리와 너무 가깝게 붙어 있었고 둘의 손이 거의 닿을 듯 말 듯 했다. 그리고 미어캣은 모자란 녀석처럼 낄낄거리고 있었다. 다 큰 소년이 울음을 터트리기에 충분한 장면이었다.

난 앙에게 계속 화나 있으려고 노력했다. 하지만 아무리 그 애가 사랑밖에 모르는 비열한 녀석이라고 해도 그 애는 아직 내 친구였고 그 애랑 사이가 멀어지는 건 상상할 수가 없었다. 어쨌든 그날은 오후 내내 앙에게 쌀쌀맞게 대했으니 그 정도면 충분한 벌이 되었을 거라 생각했다. 난 어서 앙을 찾아서 엄마 이야기를 하고 그레이 선생님의 가슴 이야기를 털어놓아야겠다고 생각했다. 기다릴 수가 없었다. 바로 지금 당장 하고 싶었다.

앙의 집 앞에 도착했을 때 현관 앞에 나와 있는 앙을 발견했다. 앙은 학교 교복을 갈아입은 상태였고, 한 방의 벽지를 다 칠하고도 남을 만큼 많은 양의 헤어 젤을 머리에 치덕치덕 바른 모습이었다. 그가 길 건너편 누군가에게 손을 흔들더니 길을 건너갔다. 건너편 사람도 손을 흔들고 있었다. 미소도 짓고 있었다. 루시였다.

난 아무 말도 못 하고 거기 서 있었다. 루시의 성가신 친구 미어캣 홀리도 거기에 있었다. 그 애 역시 손을 흔들고 낄낄거리며 평소처럼 성가신 상태를 유지하고 있었다. 다들 서로에게만 신경을 쓰느라 내 쪽으로는 눈길조차 주지 않았다. 그렇게 그들은 방향을 틀어 어딘가로 걸어갔다. 셋이 다 함께.

난 자연스럽게 그들을 쫓아갔다. 쫓아가는 것 말고 뭘 할 수 있겠는가?

난 안전거리를 유지한 채 뒤를 밟았다. 혹시 이런 건 아닐까? 루시가 앙의 숙제를 도와주고 있는 거다. 하지만 그러기엔 다들 책가방을 메고 있지 않았고 여자애들은 심하게 깔깔거리고 있었으며 앙은 침팬지처럼 활짝 웃고 있었다. 난 공원까지 애들을 쫓아갔다. 그 애들이 그네 앞에 멈추자 난 나무 뒤로 몸을 숨겼다.

그때 네 번째 인물이 그들을 향해 다가오고 있었다. 루시가 손을 흔들며 그에게 아는 척했다. 그는 후드티를 입은 사내였다. 이게 어떻게 된 일이지? 루시가 후드티 입은 녀석과 앙을 두고 양다리를 걸치고 있는 건가? 그렇다면 앙에게는 인과응보라고 할 수 있을 거다. 녀석은 내가 루시를 사랑한다는 걸 알고 있으니까. 후드티 사내는 루시에게 바짝 달라붙어서는 무어라 말했다. 그러더니 홀리에게도 뭐라고 말을 건넸다. 뭔가 굉장히 재미있는 말이었는지 둘이 같이 웃음을 터트렸고 홀리는 손가락으로 남자애 갈비뼈를 마구 찌르기 시작했다. '도대체 뭐 하는 녀석들이야? 이 비열하고 야비한 배신자들아!'라는 소리가 입 밖으로 터져 나오기 직전이었다. 그때 자기들끼리 엎치락뒤치락 장난을 치다 말고 홀리가 팔을 뻗어 사내의 후드를 뒤로 넘겼다. 그러자…….

세상에! 그 애는 바로 설인이었다.

칼로 심장을 찔린 느낌이었다. 루시가 어떻게 이럴 수가 있지? 앙이 어떻게 이럴 수가 있지? 갑자기 따뜻하고 축축한 것이 다리에 흘러내렸다.

은유적으로 심장을 찔렸다고 표현한 거였는데 정말로 내 정강이에서 피가 나기 시작한 건가? 평소에 특별한 신체적 능력을 지닌 사람이 되고 싶다는 생각은 하고 있었지만, 지금은 그럴 때가 아니었다. 그럼에도 나는 아래를 내려다보았고, 그게 진짜 피가 아니라는 걸 발견하고는 살짝 실망했다.

그곳엔 다름 아닌 오줌 싸는 개가 있었다. 김이 피어오르는 신선한 오줌 줄기가 쏟아져 나오고 있었다. 알프레드 피클스는 커다란 눈으로 나를 올려다보면서 아무렇지도 않게 내 다리에 오줌을 싸고 있었다. 마치 그게 세상에서 가장 자연스러운 일인 것처럼 말이다.

알프레드 피클스는 치와와 부인과 산책을 나왔다. 부인은 가서 오줌을 싸고 오라며 피클스를 풀어 주었고 그대로 피클스를 놓치고 만 것이다.

"알프레드, 피클스리 위클리, 어디 있니?"

난 개를 쫓아 버리고 싶었다. 살짝 미친 늙은 부인과 요실금 개에게 정체를 들키는 건 스파이로서 할 짓이 아니었기 때문이다. 케이시 부인이 우리를 발견하기 전에 '피클스리 위클리'는 내 다리에다가 방광을 모두 비웠다. 그리고 평소에 하던 대로 내 바짓가랑이를 물고 으르렁거리면서 미친 듯이 머리를 좌우로 흔들어 대며 나를 끌어당겼다.

개도 사람처럼 정서적으로 불안할 수 있을까? 만약 그렇다면 이 알프레드 '피클스리 위클리' 피클스는 확실히 제정신이 아니었다.

"어휴, 이 장난꾸러기."

케이시 부인이 개를 안아 들려고 몸을 숙였다.

케이시 부인처럼 작고 늙은 아줌마는 목소리도 작고 늙었을 거라 생각하겠지? 어휴, 절대 아니다. 아줌마는 까마귀가 까악까악 울 듯 목청껏 소리를 지르고 있었다. 이렇게 소란을 떠는데 어떻게 앙에게 들키지 않을 수 있겠는가?

제임스 본드라도 이건 당해 낼 수가 없었다. 난 몸을 숙인 채 아줌마에게 빨리 미친개를 데리고 가라며 손짓, 발짓을 했다. 알프레드 피클스는 쇠약한 늙은 개치고 턱 힘이 심하게 좋았기 때문이다. 마침내 내 바지에서 알프레드 피클스를 떼어 냈을 때 난 네 명의 아이들이 나를 쳐다보고 있는 걸 발견했다.

맞다, 예상한 대로다. 루시, 앙, 홀리 그리고 설인.

"오줌 쌌냐?"

설인이 물었다.

"그래, 난 슬개골로 오줌을 싸거든."

난 일부러 거들먹거리며 아무렇지 않은 척 대꾸하려고 했지만, 내 새빨간 얼굴이 내가 당황하고 있다는 명백한 증거가 되어 주고 있었다.

"슬개골로?"

설인 녀석은 진짜로 그런 일이 가능한 줄 아는 눈치였다.

앙은 혼자 웃음을 터뜨렸지만 미어캣 홀리가 팔꿈치로 쿡 찌르자 얼른 입을 다물었다.

"저 애 말은 듣지 마, 에디. 자기가 똑똑한 줄 아니까."

여신이 말했다.

"응, 네 말이 맞아, 루스."

설인은 이렇게 말하며 돌아섰다.

'루스!'

"아휴, 이 장난꾸러기 녀석!"

케이시 부인이 강아지를 얼굴에 비비며 말했다.

케이시 부인이 한 말은 내가 아니라 피클스리 위클리 거시기인지 하는 녀석에게 한 거였다. 어떤 멍청이가 봐도 뻔히 알 수 있는 상황이었다. 하지만 그 네 명은 어쨌는지 아는가? 그래, 맞다. 그 애들은 미친 듯이 웃기 시작했다. 그중에서도 앙은 계속 나와 눈을 맞추려고 애를 쓰면서 심하게 웃어 댔다. 이게 뭐가 그렇게 웃기다고.

"이러다 늦겠다."

미어캣 홀리가 말했다.

"우리 지금…….."

앙이 무어라 말을 하려는데 루시가 끼어들었다.

"필립은 못 가. 개 오줌 냄새가 날 테니까!"

그러자 케이시 부인이 말했다.

"이제 우린 집에 가야겠어요, 잘 시간이 지났네요."

그리고 아이들은 다시 한번 웃음을 터트렸다.

한 번만 더 말하겠다. 부인은 개한테 말을 하는 중이었다. 내 말 듣고 있나? 개한테 했다고! 개!

다들 발길을 옮기는 중에 앙이 나를 뒤돌아보았다. 뭔가 할 말이 남아 있는 눈치였지만 짜증 나는 미어캣 홀리가 또 앙을 쿡 찔렀다. 앙은 어깨를 으쓱하더니 그냥 가 버렸다. 배신자.

ASS

거짓말은 하지 않겠다. 앙이 한 짓은 나에게 정말 상처가 됐다. 난 그 일 이후로 앙과 말을 섞지 않았다. 학교에서 몇 차례 그 애가 나를 찾아오긴 했지만 못 본 척 해 버렸다. 농담해 가며 내 기분을 풀어 주려고 할 때도 다 무시했다.

어느 날 앙이 용기 내어 내게 걸어오더니 물었다.

"달에 있는 사람은 머리를 뭘로 자르게?"

그래서 내가 어쨌는지 아는가? 앙을 투명인간 취급하며 그냥 휙 돌아서 가 버렸다. 앙이 내 뒤에서 '반달돌칼!'이라고 소리쳐도 눈 하나 깜짝하지 않았다.

그런 식으로 앙을 무시하니 굉장히 만족스러웠다. 한 삼십 분 동안은. 그 이후엔 그저 외롭고 끔찍하기만 했다. 엄마가 처음으로 이상한 행동을 하기 시작했을 때, 난 학교를 피난처 삼았고 빨리 학교에 가고 싶어 했다. 하지만 앙, 루시, 설인이 다 같이 이상한 행동을 하기 시작하자 학교 역시 작은 지옥이 되어 버렸다. 그리고 공부도 예전 같지 않았다. 선생님들은 계속 내 숙제가 기대에 못 미친다거나 내가 노력을 하지 않는 것 같다고 말했다. 선생님들은 '잠재력'이라는 단어를 남용했다. 물론 나에겐 잠재력이 있다. 하지만 인생이 온통 아래로 아래로 내리막을 향해 달려가고 있는데 무슨 수로 잠재력을 발휘할 수 있겠는가?

모든 게 엉망이었다. 친구도 엉망, 학교도 엉망, 집도 엉망이었다. 견딜 수가 없었다. 끊임없는 고통 상태로 지속하는 것이 좋을 리가 없었다. 그리고 나는 그런 고통 상태에 '누적된 스트레스 증후군'(Accumulated Stress Syndrome), 줄여서 ASS라는 새로운 병명을 붙였다. 엄마가 나를 병원에 데리고 갈 형편이 안 되니까, 내가 직접 진단했다. ASS(ass는 엉덩이라는 뜻이다)는 스트레스가 매일매일 계속 쌓여서 더는 그걸 견딜 수 없는 상태가 되고, 그것도 모자라 피부는 발칵 뒤집어져 흉측한 두드러기처럼 온 얼굴이 여드름으로 뒤덮이는 상태를 말한다.

그런데도 스트레스는 계속 쌓여 갔다. 엄마의 기이함은 도를 넘었다. 언젠가 엄마는 포크 넣는 칸에 숟가락을 넣었다며 마구 소리를 질렀다(내가 정리한 것도 아닌데). 그래서 내가 '어쩌라고!'라며 소리를 쳤더니 엄마는 숟가락을 꺼내 나를 향해 던졌다! 진짜로 내가 있는 방향으로 정확하게 던졌다. 맞지는 않았지만 그게 중요한 게 아니다. 엄마는 정말 완전히 미쳐 버린 거다. 그러더니 또 엄마가 무슨 짓을 했는지 아는가? 하염없이 눈물을 흘려 댔다. 울고 싶은 사람은 나인데 너무 불공평한 것 아닌가? 다행히 그때 수지 아줌마가 같이 있어서 중재를 해 주었다. 아줌마는 엄마가 이상한 행동을 하는 게 스트레스와 약 기운이 복합적으로 작용했기 때문이라고 했다. 하지만 내가 보기엔 그냥 바보 같은 행동이었다. 암 때문에 스트레스를 받았으면 자신의 삶을 더 소중하게 생각하고 다른 사람(나)을 더 사랑해 줘야지. 빽빽 소리를 지르고 돌아다니면서 숟가락을 던질 게 아니라!

숟가락 사건이 있고 나서 얼마 후, 앙이 집에 찾아왔다. 난 현관문을 열고 앙을 쳐다보았다. 난 이렇게 말하고 싶었다. '어서 들어와, 이 역겨운 사랑의 사기꾼 녀석아. 네 여자 친구 루시도 데리고 와. 네 새 절친 설인도 같이 오지 그랬어. 어서 와서 내 기막힌 삶을 한번 보렴. 떨어지는 성적, 내 짝사랑, 나에게 숟가락을 던지는 찌찌 하나 달린 대머리 엄마까지.'

하지만 난 이렇게 말했다.

"왜 왔어?"

"그냥."

앙이 대답했다.

"그래."

난 문을 닫아 버렸다.

30분 후 앙은 나에게 문자 메시지를 보내 뭘 하고 있냐고 물어 왔다. 난 메시지를 삭제해 버렸다.

해리 힐 씨에게

아저씨가 약에 관심 없다는 건 알고 있지만, 혹시 여드름 치료법에 대해서 좀 아시나요? 얼굴에 여드름이 가득 나서 울퉁불퉁해요. 지리 선생님이 제 얼굴을 로키산맥 3D 입체 지도로 쓸 수 있을 정도예요. 이게 다 ASS(누적된 스트레스 증후군) 때문이랍니다.

그럼 이만······.

필립 라이트

추신: 제 친구 앙이 다시 돌아왔으면 좋겠어요. 좋은 아이디어가 있을까요?

21

엄마의 베개

 그 일이 일어난 때는 일요일 오전 10시였다. 시간을 정확히 기억하고 있는 이유는 그때 엄마 침실에서 라디오 소리를 들었기 때문이다. 10시 뉴스 방송이 끝나자마자 엄마의 비명이 들렸다. 난 겁에 질린 채 방문 앞에서 잠시 서 있었다. 전날 빨래를 개어 넣을 때 실수를 한 건 아닌가 싶어 긴장했다. 요즘 같은 때엔 속바지 칸에 짝 잃은 양말 한 짝만 들어 있어도 엄마가 가만있지 않을 테니까. 난 숨이 막혀 컥컥대는 소리를 들었고 당장 들어가 보는 수밖에 없다는 걸 깨달았다.
 엄마는 고통스러운 얼굴로 베개를 쳐다보고 있었다. 나 역시 베개를 쳐다보았다. '아하, 알겠다. 이젠 하다 하다 깔끔하지 못한 베개에 대한 공포증도 생기셨구먼.' 하면서 말이다. 하지만 그 순간 내가 엄마 베개에서 발견한 건 조그맣고 복슬복슬한 동물이었다. 그리고 곧바로 내가 잘못 보았음을 깨달았다. 그건 조그맣고 복슬복슬한 동물이 아니라 엄마의 머리카락이었다. 엄마는 남은 머리카락이 빠지는 걸 막아 보려는 듯 양손으로 머리를 움켜쥐고 있었다. 그 모습은 정말 웃기면서 동시에 정말 슬펐다.

엄마는 나에게 아무 말도 하지 않았고 나 역시 아무 말이 없었다. 난 그저 엄마 옆에 서서 엄마 팔에 머리를 기대고 천천히 팔을 쓰다듬었다. 한참이나 그러고 있었다.

솔직히 내가 위로한 사람이 엄마였는지 나였는지 모르겠다. 아마 둘 다였겠지.

그리고 난 전화기를 들어 수지 아줌마의 번호를 눌렀다. 무슨 문제가 생겼는지 말을 하지 않았는데도 아줌마는 내 목소리만 듣고도 큰일이 생겼음을 알아챘다. 엄마가 대머리가 되어 가고 있다는 이야기를 어떻게 다른 사람에게 전화로 전할 수 있을까? 불가능한 일이다. 불가능하고 우스꽝스럽고 말도 안 되고 잔인하다.

빌어먹을! 너무 불공평하다. 빌어먹을! 젠장, 젠장, 젠장. 내가 욕하는 거 누가 들어도 상관없다. 이건 정말 빌어먹을 정도로 불공평한 일이니까.

수지 아줌마가 곧장 집에 와 주었다. 문을 열었을 때 아줌마는 이미 한바탕 운 얼굴이었다. 무슨 일이 있었는지 눈치를 챈 모양이었다. 아줌마를 모시고 위층으로 올라갔을 때 엄마는 여전히 베개를 바라보며 서 있었다. 수지 아줌마는 나더러 앙네 집에 놀러 가라고 했지만, 엄마가 조용히 말했다.
"아니야, 그냥 있으라고 해."
엄마의 그 말이 얼마나 기분 좋게 들렸는지 모를 거다. 엄마는 늘 내게 짜증을 냈었다. 수지 아줌마는 그게 다 암 때문에 스트레스가 생겨서 그런 거라고 했지만, 난 늘 죄책감을 느끼고 있었다. 내가 늘 엄마에게 스트레스를 주고 있었다. 학교에서는 벌을 받고, 안경을 깨고, 숟가락 통을 어지럽히고. 가끔은 엄마의 암이 다 내 잘못 때문이라는 생각마저 든다.
엄마는 내가 무슨 생각을 하고 있는지 다 아는 눈치였다. 엄마가 나를 안아 주었다.
수지 아줌마가 말했다.
"준비됐어?"
엄마는 고개를 끄덕였고 난 두 사람이 욕실에 들어가 문을 잠그는 걸 지켜보고만 있었다.
이제 뭘 어떻게 해야 할지 아무 생각이 나지 않았다. 난 그냥 욕실 밖 계단에 앉아 기다렸다. 욕실에서 윙윙거리는 소리가 들려 생각했다. '여자들이란 정말 이해할 수가 없군.'
난 그 둘이 이를 닦고 있는 줄 알았다. 같이(정말 이상하지 않은가?).

 2분이 지났는데도 윙윙거리는 소리가 멈추지 않았다. 엄마는 늘 2분 동안 이를 닦으라고 하시는데 말이다. 그래서 내가 소리쳤다.
 "그렇게 오래 닦으면 이가 다 닳겠어요!"
 하지만 안에서는 내 말을 들은 척도 하지 않고 계속 이를 닦고 있었다. 한참 동안. 난 조바심을 내며 욕실 밖에서 기다렸다. 그러다 조바심이라는 게 무엇인지 문득 궁금해졌다. 조바심이라는 단어는 많이 들어 봤고 그 발음도 마음에 들었는데 그게 뭔지 몰랐다. 이 상황이 다 마무리되면 검색해 봐야겠다고 생각했다.
 곧 내가 들었던 소리는 전동 칫솔 소리가 아니었다는 게 밝혀졌다. 그건 엄마의 전기면도기 소리였다. 수지 아줌마가 그걸로 엄마의 남은 머리카락을 밀어 버린 것이다. 엄마는 눈물을 훔치며 욕실 밖으로 나왔다. 난 엄마에게 그렇게 이상하진 않다고 말했지만, 솔직히 말해서 엄청 이상했다. 엄마는 초조한 얼굴로 나를 보며 미소를 지었고, 난 내 속마음을 들키지 않기를 바라며 미소를 지었다.
 수지 아줌마는 오늘 같은 날은 기름진 음식을 실컷 먹어도 된다고 하면서 엄마랑 같이 계단을 내려갔다. 두 사람이 떠나자 난 욕실에 들어가 문을 잠갔다. 이젠 내가 울 차례였다.

해리 힐 씨에게

새로운 TV 시리즈 엄청나게 기대돼요. 준비하시느라 바쁘신데 제가 방해가 되지 않기를 바랍니다. 다림질해야 할 셔츠 깃이 엄청 많아서 시간이 너무 많이 걸렸어요. 그래도 편지는 써야겠어요.

드디어 일이 벌어지고 말았습니다. 엄마가 예고했던 대로 정말 끔찍하네요. 화학 요법 때문에 엄마의 머리카락이 다 빠졌어요. 그래서 엄마는 이제는 엄마처럼 보이질 않아요. 해리 힐 아저씨처럼 보여요. 엄마의 병에 대해 자세하게 말하고 싶지는 않았는데 화학 요법이라는 말이 힌트가 되겠네요. 이제 아저씨도 다 알게 되었군요.

그럼 이만······.

필립 라이트

추신: PMA(긍정적인 마음가짐)가 능사는 아니라는 생각이 들기 시작했어요. 그러니 건강관리 오락 분야에 대해서는 아직 확실한 계획을 세우지 않으셨으면 좋겠습니다.

절박한 조치

 엄마는 외출을 그만두었다. 정말 온종일 집에만 있는다. 그리고 내가 아는 한 아무것도 안 한다. 진짜 그 무엇도. 학교 마치고 집에 돌아가면 집은 엉망이 되어 있고 커튼도 쳐져 있다. 아마 엄마에게 머리카락이 아직 남아 있었더라면 머리도 빗지 않고 있을 게 분명하다.
 가끔 엄마는 컵과 접시, 화장지로 어질러진 침대에 다시 눕는다. 외출하지 않기 위해 인터넷 쇼핑까지 시작했다. 엄마가 유일하게 밖에 나가는 때는 병원 예약을 했을 때이고 그럴 때마다 엄마는 너무 많이 껴입는다(가발에 스카프에 모자까지). 얼핏 엄마인지 알아보지 못할 정도다. 그리고 바로 그게 목적이었던 것 같다.

하지만 소용없었다. 치와와 부인마저 무슨 일이 일어나고 있다는 걸 눈치챘다. 반쯤 장님이나 마찬가지인 그 아줌마까지 말이다. 치와와 부인은 보온병에 수프를 담아서 갖다 주기 시작했는데, 엄청 구릴 것 같은 내 예상을 깨고 수프는 놀라울 정도로 맛이 있었다. 난 엄마더러 직접 현관문을 열고 치와와 부인에게 보온병을 받으라고 권해 보았지만 엄마는 꿈쩍도 하지 않았다.

난 슬슬 겁이 나기 시작했다. 예전에 몇십 년 동안 집 밖에 안 나가면서 취미로 병뚜껑이나 과자 봉지를 수집하는 미치광이에 대한 다큐멘터리를 본 적이 있다. 나는 엄마가 그런 미치광이가 될까 봐 무서웠다. 언젠가부터 엄마는 뒷마당에 나가는 것조차 거부하기 시작했고, 난 우리가 다큐멘터리에서는 한 발짝 멀어졌다고 생각했다. 종일 침대에 붙어 있는 여자와 집안일을 모두 도맡아 해야 하는 그녀의 아들. 내가 봤던 다큐멘터리와는 내용이 좀 다르달까.

나는 수지 아줌마의 개입이 필요한 때라고 생각했다. 아줌마의 도움이 필요했다. 아줌마는 곧장 집으로 와 주었다. 참으로 믿을 만한 분이다. 엄마는 운이 좋은 줄 알아야 한다. 그런 친구를 사귀는 게 얼마나 힘든지 아는가(앙과 나는 아직도 냉전 중이다). 아줌마는 우리 집 안을 이리저리 돌아다니면서 명령을 내리고 정리를 했다. 커튼을 젖히고 창문을 열고 반쯤 마시다 만

찻잔을 이곳저곳에서 찾아냈다. 창틀에서만 두 개를 발견했다.

"곰팡이 공장을 차릴 셈이야?"

아줌마는 머그잔을 내게 내밀었다. 그게 다 내 잘못인 것처럼 말이다.

난 머그잔을 들여다보았다. 액체 표면이 파란 곰팡이 덩어리로 덮여 있었다. 멋졌다.

"가서 설거지해."

아줌마가 소리쳤다.

난 찬장에 있던 머그잔 하나를 싱크대 밑에 숨겼다. 이렇게나 완벽한 곰팡이를 없애 버릴 수는 없었다.

설거지를 끝내자 수지 아줌마는 내게 진공청소기를 건네며 말했다.

"자, 청소해. 여긴 너도 사는 집이잖아."

'알려 주셔서 감사해요. 저도 제가 어디에 사는지 몰랐거든요'라고 대꾸하고 싶었지만 참았다. 아무리 이 집의 우두머리 행세를 한다 해도, 수지 아줌마는 엄마와 내가 가진 최고의 기회였기 때문이다. 대신 나는 아줌마가 엄마에게만은 좀 부드러운 태도를 보여 주길 바랐다. 엄마는 아직 다른 사람에게 야단을 맞을 준비가 되어 있지 않은 것 같았기 때문이다. 그리고 아줌마는 내 기대를 저버리지 않았다.

"요 앞에 잠시 산책하러 나갈래? 신선한 공기도 좀 마시고."

아줌마는 엄마에게 친절하게 물었다.

"못 해."

엄마가 대답했다.

"아니, 할 수 있어. 내가 같이 갈게."

"못 해."

그러더니 머리에 두르고 있던 반다나(머리나 목에 두르는 일종의 스카프)를 풀고 대머리 상태로 자리에 앉았다(엄마는 요즘 반다나 없이는 하루도 못 산다. 무슨 말인지 다 알 거다).

모두 아무 말도 못 했다.

"저도 같이 갈까요?"

그저 침묵을 깨기 위해 내가 나섰다. 다들 내 말을 무시했지만 신경 쓰지 않았다. 그런 일은 흔하니까. 난 이렇게 말했다.

"공원에 가도 좋고."

"난 안 나간다고. 내가 어떻게 나가? 내 꼴을 봐. 날 보라고!"

엄마가 갈라진 목소리로 말했다.

그러더니 반다나를 똘똘 뭉쳐서 수지 아줌마에게 던졌다. 엄마는 흐느끼고 울부짖더니 수지 아줌마에게 당장 나가라고, 가 버리라고 소리쳤다. 솔직히 말해서 난 엄마가 속마음을 어느 정도 감춘다 해서 그게 엄마에게 해가 될 거라 생각하지는 않았다. 그렇게 다 표출해 버리는 감정들이 엄마를 지치게 하고 있었다. 그리고 나까지도.

〈쥬라기 공원〉이라는 영화를 본 적 있는가? 티라노사우루스 렉스가 죽기 전 상처를 입었을 때 내던 소리를 기억하는가? 그날 엄마가 낸 소리는 죽어 가는 공룡의 울음소리와 상당히 비슷했다. 공룡 역할 성우로 취업해도 괜찮을 것 같았다. 정말 감명 깊었다. 그리고 무서웠다.

수지 아줌마는 엄마에게 다가가 그렇게 나쁘지 않다고 엄마를 설득했지만, 엄마는 듣지 않았다.

"난 밖에 안 나갈 거야. 사람들이 다 볼 거 아니야. 다들 알 거 아니야."

엄마가 흐느꼈다.

"그게 뭐가 문제야?"

수지 아줌마가 말했다.

엄마가 대답하지 않자 수지 아줌마는 갖고 온 여행용 가방을 열었다.

"그래, 좋아. 네가 안 나가겠다면 그냥 집 안에 있지, 뭐."

아줌마는 가방 안에서 잠옷과 와인 한 병을 꺼냈다.

"와인 마시면서 밤새 놀 거야."

"까먹었어? 나 술 마시면 안 되잖아."

엄마가 말했다.

"아니, 난 마셔도 돼."

아줌마가 웃으면서 대답했다.

"넌 그냥 구경만 해. 필립 임신했을 때처럼."

난 'PMA가 너무 심한 것 아닌가'라고 생각했지만 그냥 내버려 두었다.

난 위층으로 올라가 욕실 문을 걸어 잠갔다. 용변을 보려던 게 아니었다. 그냥 아무도 들어오지 않을 공간, 아무도 말을 걸지 않을 공간에 혼자 있고 싶었다. 난 변기에 앉아서 (변기 시트는 내리고 바지는 입은 채로) 내가 엄마에게 어떤 도움을 줄 수 있을지 머리를 굴리기 시작했다.

'절박한 시기에는 절박한 조치가 필요하다'라는 말이 자꾸만 떠올랐다. 로스 역사 선생님이 우리의 낮은 점수에 대해 이야기할 때 자주 사용하던 문구였다. 선생님은 원래 가이 포크스 (1605년 가톨릭 탄압에 대항해 영국 국회의사당을 폭파하고자 '화약 음모 사건'을 일으킨 주동자인데 발각되어 처형당했다)가 했던 말이라고 주장하지만 내가 보기엔 선생님이 지어낸 것 같다. 이미 상황이 절박한데 그것보다 더 절박한 조치가 무슨 의미가 있단 말인가? 가이 포크스도 결국…… 다들 알다시피 목이 매달려 죽었는데 말이다.

바로 그 순간 어마어마한 생각, 믿을 수 없을 정도로 천재적인 (그리고 약간은 무서운) 아이디어가 떠올랐다.

난 욕실 거울 앞에 서서 준비를 했다. 분홍색 플라스틱을 쥐고 있으니 손에서 땀이 났다. 켜짐 스위치를 누르자 면도기가 윙윙 돌아가기 시작했다. 머리에 갖다 대자 나도 모르게 몸이 움츠러들었다. 귀가 먹먹했다. 하지만 난 해내야 했다. 이 방법 밖에 없었기에 난 이를 악물고 눈을 꽉 감고 윙윙윙 소리를 내는 면도기를 머리에 다시 갖다 댔다. 그리고 내가 눈을 감고 있다는 걸 깨달았다. 하마터면 귀까지 잘릴 뻔했네.

면도기를 한 차례 쓱 민 후, 피가 나거나 죽지 않는다는 걸 확인했다. 그러자 용기가 생겼다. 난 머리가 짧은데도 다 깎는 데 한참이 걸렸다. 중간중간 멈춰서 면도기에 붙은 머리카락을 떼어 내야 했기 때문이다. 난 잔디 깎기를 할 때랑 같은 전략을 사용했다. 일단 전체적으로 두 번 민 다음, 지저분한 부분을 한 번 더 정리하고, 마지막으로 말끔하게 마무리했다. 결과는 내가 예상했던 모습과 조금 달랐다. 약간 제정신이 아닌 사람 같기도 했고, 나무늘보 원숭이와 사이코 살인마의 중간쯤 되어 보이기도 했다. 내 눈이 평소보다 훨씬 커 보여서 내 얼굴 크기와 맞지 않는 것처럼 보였기 때문이다.

난 거울 속에 비친 무시무시한 대머리 소년을 쳐다보았다. 그도 나를 쳐다보았다.

"해리 힐, 당신을 위하여! 한결 비슷해졌어요."

난 방으로 들어가 털실로 짠 모자를 쓰고 침대에 누웠다.

해리 힐 씨에게

오랫동안 편지를 못 보내서 죄송해요. 끔찍한 생활을 하고 있으니 시간 가는 줄 모르겠더라고요. 어쨌든 아저씨에게 새 소식을 알리려 편지를 씁니다. 저도 머리를 박박 밀었어요. 거기에 새로 산 안경까지 쓰니까 미니 해리 힐처럼 보여요! 멋지지 않나요?
그럼 이만…….

필립 라이트

추신: 아저씨가 입는 옷깃이 큰 셔츠는 어디에서 사는 건가요? 알려 주세요.

내 인생은 액션 영화가 아니야

머리를 밀고 난 다음 날, 난 아침 일찍 일어나 엄마가 일어나기도 전에 학교로 출발했다. 난 연습 시합이 있어서 8시까지 학교에 가야 한다는 메모를 남기고 집에서 빠져나왔다. 몰래 빠져나올 수밖에 없었다. 엄마한테 내 모습을 보여 줄 용기가 없었기 때문이다. 아직은 말이다.

"너 이상해."

사물함에서 책을 꺼내고 있는데 앙이 말했다. 털실로 짠 모자가 이상하다는 건지 털실로 짠 모자 안 대머리가 이상하다는 건지 궁금했지만 굳이 묻지 않았다.

쉬는 시간이 거의 다 되었을 때 난 모자 때문에 지적을 받았다. 사실 수업 시간에 모자를 쓰는 건 금지다. 하지만 그건 머리카락이 있을 때 얘기다. 프랜스 미술 선생님이 말했다.

"왜 찻주전자 덮개를 쓰고 있니, 필립?"

내 모습을 보고 모두 웃음을 터트렸지만 난 신경 쓰지 않았다. 이럴 수밖에 없었기 때문이다. 프랜스 선생님은 찻주전자 덮개 개그를 하면 내가 모자를 벗을 줄 알았나 보다. 하지만 효과가 없자 그냥 날 내버려 두었다. 잠시 후 학생 주임 하인즈 선생님이 프랜스 선생님에게 말을 전하러 교실에 들어왔다가 나를 발견했다.

"거기 일어나."

하인즈 선생님이 말했다.

선생님은 내 이름을 부르지 않았지만 다들 그게 나인 줄 알고 있었다. 선생님은 나를 번뜩이는 눈으로 빤히 쳐다보았다.

설치류가 자기 먹이를 잡아먹기 전에 그렇게 눈을 뜬다는 이야기를 읽은 적이 있다. 난 하인즈 선생님이 수염을 움찔거리며 말간 눈으로 날 쳐다보는 거대 쥐처럼 보였다. 등에서 땀이 흘러내리는 게 느껴졌다. 머리가 미친 듯이 가려웠다. 눈꽃 문양을 넣은 방울 달린 노르웨이산 수제 모자는 심하게 따뜻했다. 노르웨이의 피오르 협곡에 있어도 추울 것 같지 않았다. 하지만 적도에 더 가까운 미술 교실 안에서는 그 열기가 너무 과했다. 얼굴 양옆으로 방울방울 땀방울이 흘러내렸다.

"모자 벗어."

하인즈 선생님이 말했다.

난 선생님을 쳐다보았다. 제발, 지금은 안 돼요. 다른 수업은 몰라도 지금은 안 돼요. 여신 앞에서는 안 된다고요.

"당장."

선생님도 나 때문에 슬슬 짜증이 나는 것 같았다. 선생님 얼굴이 어느새 토마토 색깔이 되어 있었다.

"셋 셀 때까지 그 우스꽝스러운 모자를 벗으면 좋겠다."

선생님이 최후의 결단을 내리는 듯한 목소리로 말했다.

우스꽝스럽다고? 노르웨이 뜨개질 회사가 들으면 가만있지 않을 것 같은데?

"하나."

하인즈 선생님이 숫자를 세자, 교실에 있는 모든 학생은 구경을 하기 위해 연필과 붓과 각종 미술 도구를 책상에 내려놓았다. 교실에 정적이 흘렀다. 모든 눈이 날 향해 있었다.

내가 만약 모자를 벗지 않으면, 하인즈 선생님은 날 끌고 교장실로 갈 테고, 난 거기에서 모자를 벗어야 할 것이다. 하지만 교실에서 모자를 벗어도 역시나 교장실로 끌려가겠지.

그리고 심각한 벌을 받고 창피를 당하거나, 심각한 창피를 당하고 벌을 받게 될 것이다. 내가 어느 쪽을 선택하느냐에 달려 있었다. 교장실에 끌려가기를 기다리면, 여신 앞에서 고통스러운 장면을 연출하지 않아도 되는 장점이 있지만, 하인즈 선생님에게는 엄청나게 큰 원한을 사게 될 것이다. 선생님이 괜히 학생 주임이 되었겠는가.

"둘."

선생님의 목소리에 내 뒤에 있는 애들이 헉 소리를 냈다. 결국 난 여신 앞에서 굴욕적인 모습을 보이는 게 시간문제라는 걸 깨달았다. 이 모자를 벗는 순간 바로 소문이 퍼지고 곧 이 학교에 있는 모든 사람이 빠짐없이 내 머리 모양을 알게 될 게 뻔하기 때문이다. 결국 난 잃을 게 없다는 걸 알게 되었다. 그래서 선생님이 셋을 세자마자 난 모자를 훌러덩 벗었다.

말로는 훌러덩 벗었다고 했지만 실제로는 느린 동작으로 천천히 끌어내리는 것 같은 느낌이었다. 교실의 정적, 그 순간의 극적인 분위기, 나의 절박한 공포가 만나, 마치 영화의 한 장면 같았다. 엄청나게 큰 폭발이 일어나기 전 갑자기 소리가 끊기고 화면이 천천히 움직이는 순간. 내가 모자를 다 벗기 직전에 갑자기 오토바이 한 대가 창문을 깨고 들어와 날 구해 줬으면 하는 간절한 바람.

하지만 내 인생은 액션 영화가 아니었고 창문을 깨고 들어오는 오토바이는 없었다. 대신 교실엔 헉, 꽥, 으하하, 깔깔 소리만 가득했다. 하인즈 선생님은 심하게 놀랐다. 선생님의 안색이 토마토색에서 자두색으로 바뀌었다. 이런, 망했군!

난 꼼짝도 못 하고 서서 곁눈질로 앙의 모습을 보았다. 앙이 자리에서 일어나더니 루시를 향해 걸어갔다. 아마도 루시는 나를 보며 비웃고 있을 것이다.

"조용!"

하인즈 선생님이 버럭 소리를 지르더니 나를 보며 문 쪽을 가리켰다.

교실을 나서며 난 고개를 돌려 루시를 바라보았다. 앙과 미어캣 홀리가 루시의 양편에 서 있었고 루시는……, 루시는 나를 비웃고 있지 않았다. 루시는 울고 있었다.

규칙은 규칙입니다

 학교에서는 엄마에게 오전 11시 15분에 전화를 했다. 그리고 엄마는 정오에 교장실에 나타났다. 내 계획이 성공했다. 엄마를 집 밖으로 나오게 한 것이다. 엄마는 역시나 머리에 세 겹의 변장 도구를 얹고 왔고, 그건 시작에 불과했다.

 엄마는 놀라서 아무 말도 못 한 채 내 대머리를 멍하니 바라봤다.

 "필립에게 정학을 내릴 수밖에 없을 것 같군요. 그게 규칙이라서요."

 교장 선생님이 말했다.

 교장 선생님은 엄마의 반응을 보기 위해 그렇게 말한 것 같았다. 정학이 나에게 무슨 소용인가 싶었기 때문이다. 그 누구라도 정학을 3일 이상 받았다는 이야기는 들어 본 적 없는데, 내 머리는 3일이 지나도 자라지 않을 게 분명하기 때문이다. 그러고 났더니 궁금해졌다. 혹시나 내 머리가 다 자랄 때까지 계속 정학을 내릴 건가? 오, 몇 달 동안이나 학교를 빠지다니 멋진데? 그리고 바로 깨달았다. 하나도 멋지지 않다는 걸. 엄마랑 몇 달 동안 집에 있는 건 곤란했다.

"라이트 부인? 규칙이······."

교장 선생님이 말을 걸었지만, 엄마는 여전히 아무 말도 하지 않았다. 엄마는 그저 말 못 하는 짐승처럼 가만히 서 있었다. 동물들은 기분 나빠 하지 말길. 말 못 하는 짐승 중에서도 잘 생기고 위엄 있는 동물들이 많다는 거 알고 있다. 하지만 우리 엄마는 조금도 위엄 있어 보이지 않았다.

가발과 스카프와 모자로 중무장한 엄마의 모습은 (너무 과하게 껴입었다는 말은 당연한 거고) 멍청해 보인다는 말밖에 어울리는 말이 없는 것 같다.

교장 선생님은 한숨을 쉬며 자세를 고쳐 앉았다.

사람에겐 생물학적인 원인이 전혀 없더라도 말을 하지 못하는 상황이 생길 수가 있다(TV에서 그런 상황을 많이 봤다. 맞다. 난 TV를 너무 많이 본다). 난 엄마가 그런 상황이라는 걸 알아챘다. 엄마는 교장실에 들어온 이후로 단 한마디도 하지 않았다. 엄마는 눈물이 그렁그렁한 큰 눈으로 나를 쳐다보고만 있었다.

순간 난 겁이 났다. '안 돼, 울면 안 돼요!' 엄마가 티라노사우루스 렉스처럼 울부짖으면 난 바닥에 털썩 주저앉아 버릴 것이다. 무릎이라도 꿇고 제발 울지 말라고 빌어야 할지도 모른다. 그런데 난 그때 깨달았다. 엄마의 촉촉한 눈이 공허하거나 외로워 보이지 않는다는 걸 말이다. 수지 아줌마를 향해 울부짖었던 그 전날 눈과는 확실히 달랐다. 슬프면서도 기뻐 보였고, 이상하게 자랑스러워하는 눈빛까지 섞여 있었다.

"어머니께서도 모르셨던 건가요?"

교장 선생님이 어떻게든 정적을 메꿔 보려고 애를 쓰며 물었다. 선생님의 목소리가 살짝 간절하게 들리기 시작했다.

"라이트 부인?"

그리고…… 정말 꿈에도 상상할 수 없는 일이 일어났다. 우리 엄마가, 입을 꾹 다물고 있던 캐슬린 메리 조애너 라이트 여사가 머리에 손을 대더니 모자를 벗었다. 그리고 스카프도 젖혔다. 그런 다음 가발까지 벗었다.

엄마는 내게 손을 내밀었고 우린 교장 선생님 앞에 서서 말없이 대머리인 채로 미소를 지었다.

이제 교장 선생님이 놀라서 아무 말도 못 할 차례였다. 선생님 표정이 정말 재미있었다. 앙이 봤으면 좋았을 텐데.

놀랍게도 엄마의 말하기 능력 전원이 갑자기 켜졌다.

"암에 걸렸어요."

엄마의 말은 담담하면서도 간단했다.

좀 이상하게 들릴지도 모르겠지만 난 솔직히 엄마가 자랑스러웠다.

난 수업 후 남는 벌이나 정학이나 외우기 숙제 등 벌은 아무것도 받지 않았다. 오히려 엄마와 나는 교장 선생님 방에서 고급 도자기 잔에 차를 마셨다. 새하얀 도자기 잔에는 중국 느낌이 나는 파란 꽃이 그려져 있었다. 할머니들이 좋아할 것 같은 잔이었다. 교장 선생님이라면 조금은 더 남성적인 잔을 쓸 줄 알았는데…… 안 그런가?

찻잔 이야기는 여기서 그만하자. 찻잔보다 중요한 건 내가 그날 큰 교훈을 얻었다는 것이다. 흔히 '좋은 소식은 빨리 퍼진다'고들 한다. 하지만 사실 나쁜 소식은 훨씬 더 빨리 퍼진다. 내 빡빡머리와 엄마의 암 이야기가 점심시간 전에 학교에 쫙 퍼졌다. 교장 선생님은 오후 수업은 빠지고 그냥 집에 돌아가도 된다고 했지만, 난 일어날 수 있는 최악의 사건이 이미 터졌다는 걸 알아차렸다.

그리고 난 설인을 만났다.

늘 그렇듯 녀석은 이해력이 떨어졌다. 녀석의 귀에는 이야기가 이상하게 전달되는 특별한 필터가 달린 모양이었다. 자꾸 중간중간 끊기는 전화기처럼 말이다. 녀석은 '필립 라이트 엄마가 암에 걸려서 필립이 머리를 밀었다'라는 내용을 '라이트……밀었다……머리……암'으로 알아들었다. 그리고 이 단어들을 이상한 순서로 조합했다.

녀석이 내게 다가오더니 말했다.

"야, 암이 웃겨? 네가 암 걸렸다고 누가 놀리면 좋겠냐?"

그러더니 내 배를 퍽 때렸다. 진짜 세게. 진짜 진짜 세게. 난 무릎을 꿇고 40킬로그램 약골처럼 쿨럭거렸다(살을 좀 찌워야겠다). 순식간에 아이들이 몰려들었다. 다들 '싸워라, 싸워라'라고 소리치는 대신 침통해 하며 침묵을 지켰다.

"암이래."

누군가 속삭였고 모두들 설인을 몹쓸 놈 보듯 바라보았다. 루시까지도.

설인은 정학을 받았다. 역시 머리를 박박 미는 게 누군가의 배를 때리는 것보다 강하다. 알아두는 게 좋을 것이다.

해리 힐 씨에게

카오스 이론을 좋아하시나요? 제가 머리를 밀었다는 이야기는 해 드렸죠? 그 연쇄 반응이 믿기 힘들 정도로 놀라웠답니다. 엄마가 외출하기 시작했고, 교장 선생님은 저에게 차를 주셨으며, 루시 '여신' 웰스는 다시 저를 향해 미소 짓기 시작했고,

저를 괴롭히던 불량배 녀석은 정학을 받았어요. 그 애는 제가 암에 걸린 사람들을 놀리는 줄 알고 저를 때렸나 보더라고요. 덩치 큰 멍청이 녀석 때문에 혼란스러워요. 나를 때린 건 짜증 나지만 녀석이 암으로 고통 받는 사람들을 위해 화를 냈다니 감동이에요. 아직 세상은 살만한 것 같아요.
 그럼 이만······.

필립 라이트

앵그리 부인

"상황이 많이 변하려나 봐."

엄마가 나에게 먼지떨이를 휘두르며 말했다.

난 그 말이 마음에 들지 않았다. 난 상황을 되돌리고 싶어서 머리를 밀었다. 뭔가 또 변하는 건 원하지 않았다. 이미 변화는 충분하다고요, 이만하면 됐어요.

하지만 상황은 정말로 변했다. 일단 수지 아줌마가 우리 집에 들어왔다. 아줌마가 어느 날 큰 상자를 들고 집에 나타난 것이다.

"임시로 들어온 거야. 엄마가 완전히 회복할 때까지만."

난 대단하고 굉장한 일을 해냈다. 엄마를 집 밖으로 나오게 했으니 말이다. 하지만 내가 계속 잘 해낼 수 있을지 확신이 서지 않았고 아직 갈 길이 한참 남았을지도 모른다는 끔찍한 의심이 들고 있었기에, 수지 아줌마의 이사가 무척 반가웠다. 아줌마는 매주, 매일, 매시간 계획을 세우며 엄마를 보살폈다. 자고, 책을 읽고, 운동하고, 밥 먹는 모든 시간이 계획에 따라 움직였다. 엄마는 새롭게 사는 방법을 배우고 있는 것 같았다.

엄마는 (뱀파이어가 아닌 일반적인 부모처럼 낮에 깨어 있고 밤에 잠을 자는) 삶의 리듬을 되찾자 훨씬 활력이 생긴 듯했다.

다만 안타깝게도 새롭게 발견한 에너지를 화내는 데 몽땅 쏟아붓기로 한 것 같았다. 나에게 화를 내지 않고 물건에 화를 낸다는 게 그나마 다행스러웠지만 그래도 엄마 앞에서는 조심해야 했다. 엄마는 자기 말에 동의하지 않으면 마구 화를 내기 일쑤였다. (그냥 비위를 맞추기 위해) 엄마 말에 동의를 하면 그래도 마구 화를 내곤 했다.

"이 작은 마을엔 암 환자를 위한 시설이 아무것도 없어."

어느 날 차를 마시다가 엄마가 말했다. 역시나 화난 목소리였다.

"흠."

수지 아줌마가 대꾸했다(엄마가 앵그리 모드일 때 수지 아줌마가 선호하는 대꾸 방법이었다).

"응, 내가 바꿔야겠어."

엄마가 컵을 탁자에 탁 내려놓으며 말했다.

"흠."(수지 아줌마가 또 대꾸했다)
"이대론 안 돼. 대도시나 큰 마을에선 암 환자들이 도움을 받잖아. 그런데 우리는 뭘 받니?"
엄마는 대답을 기다려 주지 않았다.
"무, 제로, 아무것도 없잖아! 아무 도움도 받지 못하고 있어. 내가 그걸 고쳐 나갈 거야."
"흠."
수지 아줌마가 또 흠 소리를 냈지만 이번엔 이마를 찡그린 채 옆을 쳐다보았다. 처음엔 엄마, 그다음엔 나를.
"어떻게 할 작정인데요?"
내가 물었다.
"내가 직접 암 환자를 돕는 단체를 만들 거야."
수지 아줌마는 차를 마시다가 사레가 들려 그만 식탁에 차를 뿜었다.
"누군가 나서서 뭔가를 할 때야."
엄마는 잔뜩 흥분해서 말했다.
"정보도 주고 도움도 주는 단체를 만들어서……."
"엄마가 직접 다 한다고요?"
내가 물었다.
"그래, 내가 직접."
엄마 얼굴이 잔뜩 상기되었다. 사뭇 경건한 표정 같기도 했다. 선한 엄마. 암 환자를 위한 수호성인.

난 완전히 미친 아이디어라고 생각했다. (하지만 난 엄마의 비위를 맞추고 있었기 때문에) 수지 아줌마가 굳이 '닥쳐, 멍청아!'라고 소리 지를 것 같은 표정으로 나를 쏘아볼 필요는 전혀 없었다. 아줌마는 엄마가 괜히 일을 벌였다가 제풀에 지칠까 봐 걱정하는 듯했다. 그러나 난 아줌마가 그렇게 걱정할 필요가 없다고 생각했다. 엄마 말대로 여긴 아무것도 없는 작은 마을이다. 암 환자가 있어 봐야 얼마나 있겠는가? 한두 명만 찾아도 용하지.

내 생각이 틀렸다. 우리 마을 세 명 중 한 명은 암에 걸린 모양이었다. 어느 날 수요일 오후, 학교를 마치고 집에 돌아가자 거실이 여자들로 가득 차 있었다.

"앗, 죄송해요. 손님이 계신 줄 몰랐어요."

내가 엄마에게 말했다. 그리고 난 사람들을 바라보았다. 스무 명의 여자들, 모두 가발이나 반다나를 쓰고 있거나 엄마처럼 대머리를 드러내고 있었다.

"가서 차 좀 내올래?"

엄마가 말했다.

엄마는 나를 대체 뭐라고 생각하시는 거지? 저 사람들을 다 대접하려면 대용량 찻주전자와 초콜릿 케이크 두 상자는 있어야 할 텐데.

"숙제해야 해요."

난 이렇게 말하고는 거실을 빠져나왔다.

난 계단을 올라가 침대에 누웠다. 이건 내가 머리를 밀던 당시 기대했던 전개가 아니었다. 난 그냥 모든 게 평범하던 시절로 돌아가길 바랐다. 엄마가 정상적인 모습이 되길 바랐다. 암에 걸리기 전으로 돌아갈 수 없다는 건 알고 있다. 그렇다고 늘 암이라는 걸 생각해야만 하는 삶도 싫다. 그건 너무 따분하다. 그리고 힘 빠진다.

얼마 안 가 방문을 두드리는 소리가 들렸다. 엄마가 쟁반에 머그잔과 설탕 입힌 빵을 담아 왔다. 엄마가 직접 차를 끓인 모양이었다. 엄마가 웃으며 말했다.

"가게에서 산 거야."

난 빵을 집어 들고 두 입 만에 먹어치웠다.

"내가 구운 빵은 그렇게 빨리 안 먹더니."

"엄마가 만든 빵을 먹으려면 턱 운동을 해야 해요. 질긴 겉부분까지 다 씹어 먹으려면 20분쯤 걸린다고요."

"거실에 있는 아가씨들이 널 보고 싶어 해."

엄마가 빵 이야기를 끊고 말했다.

"싫어요."

"이미 네 이야기를 다 들려줬는데."

"싫어요."

"저분들은 너를 영웅으로 생각하셔."

"싫다고요."

난 싫다고 했지만, 자꾸 마음이 약해지는 걸 느꼈다.

"넌 지금 거의 유명인사라니까."

어떻게 어린 소년이 유명인사라는 유혹을 이겨 낼 수 있겠는가? 난 유명인사의 환한 미소를 떠올렸다.

"싫어요."

하지만 이번엔 엄마도 자기가 이겼다는 걸 알았다.

"네가 엄청난 코미디언이라고 이야기해 놨어. 우리가 호응해 줄게. 오후 내내 암 이야기만 했더니 너무 힘들어. 즐거운 시간이 필요하다고."

엄마도 이 일이 마냥 즐거운 건 아니었구나. 다행이었다.

"너야말로 적임자야."

엄마는 이렇게 말하며 자리에서 일어섰다.

"알겠어요."

엄마 말이 너무 맞는 말이라 반박할 수가 없었다.

"나 병원에 있을 때 수지 아줌마랑 샀던 그 바보 같은 안경 있잖니. 해리 힐 닮은 안경. 그거 쓰면 되겠다."

"알겠어요."

"내려올 거지? 5분 안에 와라."

"5분은 좀 부족할 것 같아요. 준비할 게 좀 많아서요."

난 동물 개그를 하기로 했다. 수컷 소가 암컷 소의 발을 밟고 '암소 쏘리'라고 하는 개그. 다들 좋아할 게 분명했다.

난 노르웨이 스타일 털모자를 벗어 던지고 안경 쓴 내 모습을 점검했다. 그리고 '아가씨들'을 만나러 계단을 내려갔다. 다들 날 보자마자 헉 소리를 냈다. 엄마 말이 맞았다. 모두 내가 유명인사인 줄 아는 모양이었다. 완벽해. 난 목을 가다듬고 이야기를 시작했다.

"이런 이야기 들어 본 적 있나요……?"

"잠깐만."

'아가씨들' 중 한 명이 끼어들었다(70살쯤 된 분이라 아가씨라고 부르기엔 좀 무리가 있어 보였다).

"잠깐만 좀 기다려 줘요. 좀 편안하게 보고 싶어서."

그러더니 그 할머니는 찻잔을 내려놓고 가발을 벗었다.

"아하!"

또 다른 누군가도 가발을 벗었다.

나머지 아가씨들도 고개를 끄덕이며 하나둘씩 가발을 훌렁훌렁 벗어 버렸다. 난 대머리에 둘러싸였다.

"이제 우리 모두 해리 힐 같네요."

내가 말했다.

엄마가 헛기침하며 탐탁잖은 표정을 지어 보였다.

아니 왜? 해리 힐을 닮은 게 뭐 어때서?

"맞는 말이에요. 우리 모두 해리 힐 같네요."

한 아줌마가 이렇게 말하고는 키득거리기 시작했다.

아줌마는 한 번 웃기 시작하자 멈출 줄을 몰랐다. 어느새 옆에 앉아 있던 아줌마도 같이 깔깔거리고 웃기 시작했고, 어느덧 모여 있는 모든 사람이 하이에나처럼 웃고 있었다.

바로 이렇게 '해리 힐 감사협회'가 탄생했다.

> 해리 힐 씨에게
>
> 화학 요법의 부작용에 대해 알고 계신가요? 화학 요법을 받으면 모든 사람이 해리 힐 아저씨와 묘하게 닮게 된답니다. 제 눈으로 확실히 확인했어요. 엄마의 암 친구들이 우리 집에 모였었는데요. 다들 가발이랑 스카프를 벗었더니 모두들 아저씨랑 닮은꼴이 되었어요. 안경을 쓰지 않은 사람들까지도요. 그러니 아저씨는 화학 요법을 받게 되더라도 걱정하지 마세요. 아저씨는 아저씨 같을 테니까요. 좋은 정보 아닌가요?
>
> 아저씨가 들으면 반가워하실지도 모를 소식이 또 하나 있어요. 제가 천재적인 개그감을 되찾았다는 거예요.
>
> 엄마 친구들 앞에서 매주 공연을 했는데, 다들 제가 정말 재미있대요. 네, 그렇다고 합니다. 엄마 친구들의 모임 이름은

'해리 힐 감사협회'로 정했어요(다들 대머리인 데다 재미도 있으니까요). 그리고 지금은 낡은 캠핑카를 개조할 돈을 마련하기 위해 큰 모금 행사를 계획하고 있어요. 캠핑카는 우리 동네 같은 시골 지역 사람들을 위해 암 전화 상담을 해 주는 사무실로 꾸밀 거예요.

눈치채셨겠지만 이번엔 평소보다 편지가 좀 길죠? 바로 아저씨의 도움이 절실하게 필요하기 때문이랍니다. 엄마는 제가 모금 행사 때 무대에 올라가서 공연을 해 주기를 바라고 있어요. 혹시 저에게 새로운 개그 소재를 알려 주실 순 없을까요? 제가 알고 있는 개그는 이미 다 보여 준 상태거든요. 빨리 답장해 주세요. 모금 행사가 몇 주 뒤에 있으니까요. 전화를 주시는 편이 더 나을지도 모르겠네요. 전화번호는 02881765432입니다.

그럼 이만……

필립 라이트

즐거운 축제

모금 행사, 캠핑카, 암 상담 장거리 여행 모두 정말 기대됐다. 아가씨들의 남편 중 한 사람이 (스쿠비 두에 나오는 것이랑 비슷한) 낡은 캠핑카를 기부했고, 건너 건너 아는 솜씨 좋은 분이 우릴 위해 차를 개조해 주겠다고 했다. 여러분도 한번쯤 캠핑카에서 사는 것을 꿈꿔 봤을 것이다.

생각해 보라. 조그만 싱크대, 500밀리리터 우유 한 팩, 달걀 하나가 겨우 들어갈 소형 냉장고, 한 번 접으면 탁자, 한 번 더 접으면 좌석이 되는 침대 등, 얼마나 아기자기하고 재미있는가. 그런데 우리 캠핑카는 아무 데도 갈 수가 없었다. 타이어는 세 개만 달려 있었고 엔진도 없었기 때문이다.

캠핑카는 수리하는 내내 우리 집 진입로에 세워 두었다. 난 틈만 나면 안에 들어가서 둘러보길 좋아했다. 가장 맘에 드는 건 앙이 길 건너에서 매우 부러운 눈빛으로 캠핑카를 바라보곤 하는 것이었다. 나랑 다시 친해졌으면 좋겠다고 생각하고 있겠지? 쳇, 쉽지 않을걸? 녀석은 설인을 선택했지만, 난 아가씨들과 재미있는 캠핑카 프로젝트를 선택했으니까.

그런데 프로젝트에는 한 가지 큰 문제가 있었다. 돈이 필요하다는 것이었다. 다들 십시일반 돈을 냈지만, 수리비로는 턱없이 부족했고, 우린 둘러앉아 돈을 모을 방법을 궁리했다.

모두 모여 자선 뜨개질을 하자는 의견(말도 안 돼), 자선 침묵회를 열자는 의견(아함, 하품이 나네) 등 보잘것없는 의견들이 몇 개 나오고 난 뒤, 누군가 '즐거운 암의 날'이라는 아이디어를 제시했다. 난 '암'과 '재미'를 한 문장 안에 넣는 게 결코 현명한 아이디어가 아니라고 생각했지만 그냥 잠자코 있었다. 모두 그 아이디어에 혹해서 소리쳤기 때문이다.

"좋아요, 즐거운 암의 날 축제를 열어요!"

곧바로 어떻게 마을 강당을 빌릴지 무슨 게임을 하고 어떤 상품을 준비할지 논의하기 시작했다.

"코코넛 떨어트리기 해요."

누군가 말했다.

"고리 던지기도요."

"솜사탕도 만들죠."

"커스터드 파이 던지기도 합시다."

내가 말했다. 난 찐득거리는 커스터드를 뒤집어쓴 설인의 모습을 상상했다.

"각자 스무디를 만들어서 마시는 코너도 만들어요."

"좋은 생각이에요. 건강 음식 가판대라니."

"안 건강한 음식 가판대도 만들어요. 마지가 생크림 케이크 잘 만들어요."

아이디어가 계속 나왔다. 한때 요가 강사였던 아가씨가 축제 날 일일 요가 강좌를 열기로 했다. 또 어떤 사람은 '네일 전문가'라고 자신을 소개했다. 난 못(nail에는 '손톱' 외에 '못'이라는 뜻도 있다)이랑 나사를 만들어 파는 사람이라는 줄 알았더니 아니었다. 여자들 손톱에 매니큐어를 바르고 거미줄 같은 요상한 그림을 그려 넣는 사람이었다.

아가씨들이 모두 좋은 아이디어라고 했기에 나도 가만히 의견을 따르기로 했다. 내가 여자 손톱에 대해 뭘 알겠는가?

잠시 후 평소에 말수가 아주 적던 한 아줌마가 자신을 활쏘기 전문가라고 소개했다. 날씨가 괜찮으면 강당 바깥 잔디밭에 활쏘기 연습장을 만들 수도 있다고 했다. 멋졌다.

유일하게 분위기가 어색해진 순간은 누군가 암 안내소를 만들고 암에 대한 영상 자료를 트는 부스도 만들자는 의견을 냈을 때였다. 그 아가씨는 지금 일이 어떻게 돌아가고 있는지 잘 모르는 게 분명했다. 우리가 생각하는 건 '축제'였기 때문이다. '재미'가 있어야 했다. 그래서 내가 말했다.

"그런 건 어울리지 않아요. 우리가 원하는 건 사람들이 솜사탕을 먹으면서 서로에게 커스터드 파이를 던지는 거예요. 자신이 암에 걸렸다는 걸 발견하고 부스에서 비명을 지르며 뛰쳐나오는 장면을 바라는 게 아니라고요."

모두들 나를 빤히 쳐다보았다. 무시무시한 침묵이 흘렀다. 그리고 제일 나이가 많은 아가씨가 이렇게 말했다.

"어머, 젊은이의 지혜로군요."

다들 맞는 말이라며 고개를 끄덕이더니 다시 페이스페인팅, 풍선 아트, 복권, DJ 섭외 같은 중요한 이야기로 돌아갔다.

그때 수지 아줌마가 가장무도회를 제안했다. 난 그런 게 싫다. 내 마음속에 가장무도회에 대한 깊은 거부감이 자리 잡은 때는 바로 초등학교 가장무도회 날이었다. 엄마는 내게 '초등학교 남학생' 스타일로 옷을 입혀 보냈다. 그런 걸 바로 아이러니라 부른다면서 말이다. 하지만 그것은 내게 그저 극심한 고통일 뿐이었다. 엄마가 나를 쳐다보며 눈치를 주는 걸 보니, 가장무도회라는 말에 나도 모르게 끙 신음을 낸 모양이었다.

그러더니 엄마가 말했다.

"그래요, 해리 힐 가장무도회 아이디어는 버려요."

"좋아요, 그냥 생각해 본 거니까."

수지 아줌마가 말했다.

"잠깐만요, 해리 힐이라고요?"

잠시 후 모두들 손뼉 치고 웃으며 즐거운 마음으로 가장무도회를 열기로 했다. 축제 날엔 모두 해리 힐처럼 옷을 입고 오기로 한 것이다. 까만 정장에 큰 안경, 다 같이 대머리로. 천재적인 아이디어 아닌가?

그리고 가장 마음에 들었던 건? DJ 역할 뿐만 아니라 사회를 맡을 사람, 코믹 연기도 되고 라이브 공연도 가능한 사람이 필요한데, 모두들 내가 적격이라고 했다는 것이다!

오, 세상에! 난 이 아가씨들이 정말 마음에 들었다. 이번이 내게 결정적인 기회가 될 수도 있을 것 같았다.

굉장한 열기

모금 행사 2주 전, 엄마가 갑자기 병원에 실려 갔다. 엄마가 한밤중에 열이 마구 오르고 계속 토해서 정신이 하나도 없었는데 수지 아줌마가 같이 있어서 정말 다행이었다. 난 겁에 질린 채 엄마가 침대 옆에 놓인 대야에 토하는 모습을 지켜보았다. 뭘 어떻게 해야 할지 몰라 엄마 어깨를 어색하게 두드리자 엄마가 움찔했다. 내 손길이 신경 쓰인다는 건지, 작은 손길만 닿아도 몸이 아프다는 건지 알 수가 없었지만, 어느 쪽이든 좋은 건 아니었기에 그만두었다.

수지 아줌마는 의사에게 전화했고, 곧장 구급차가 도착했다. 구급대원들은 엄마에게 열이 있고(누가 모르나?) 그게 걱정스럽다고 말했다. 어이가 없었다. 나도 열이 났던 적은 숱하게 많았지만 그렇다고 병원에 실려 간 적은 단 한 번도 없었다. 저들이 나에게 거짓말을 하는 게 분명했다.

"저 사람들 거짓말하는 거죠? 아줌마도 거짓말하는 거고요. 열이 난다고 곧장 병원에 가진 않잖아요."

내가 수지 아줌마에게 말했다.

"암 환자는 그래. 원래 그러는 거야."

수지 아줌마가 나를 진정시키며 말했다.

"아니요, 그럴 리 없어요. 원래 그러는 거라면 엄마가 집에 쌓아 놓은 암 관련 인쇄물에 다 쓰여 있겠죠. 15주 차: 열이 나서 병원으로 갑니다'라고요."

우린 병실 밖에 서 있었다. 엄마를 '안정'시켜야 하므로 우린 들어가면 안 된다고 했다. 엄마는 병원 사람들이 자신을 안정시키는 걸 원하지 않을 것이다. 그건 내가 잘하는 거였다. 삐져나온 침대 시트는 안으로 쏴 쑤셔 넣고, 엄마 물건은 좁은 탁자에 넣어 놓고, 침대 옆에 놓여 있는 조 할아버지 사진 앞에 내 사진을 올려놓으면 된다. 그러면 엄마를 안정시킬 수 있다. 또 '위급 상황'을 위해 엄마가 갖고 다니는 가방 안에 립스틱과 조그만 거울을 넣어 놓을 수도 있었다. 저 사람들은 엄마가 얼마나 허영심이 많은지 모른다. 저 사람들은 엄마가 베개를 두 개 쓰면 목에 쥐가 나서 하나만 쓴다는 걸 모른다. 저 사람들은 엄마가 차를 마실 때 넣는 우유의 적정량을 모른다. 쇼트브레드 쿠키 색 말고 다이제스티브 비스킷 색이 돼야 하는데 말이다. 또한 저들은 엄마가 완전히 캄캄한 상태에서 자는 걸 좋아하는 것도 모른다. 한밤중에 엄마를 찾으러 방에 갔다가 문기둥에 발가락을 찧을 정도로 캄캄해야 하는데.

저 사람들은 아무것도 모른다니까.

"저 사람들이 뭘 알아요!"

난 수지 아줌마에게 버럭 소리를 지르고 주먹으로 병실 문을 쾅쾅 때렸다. 진짜 세게. 주먹이 후끈 달아올랐다.

수지 아줌마가 놀라서 흠칫 뒷걸음질 치더니 얼른 내 손을 잡고 말했다.

"네 말이 맞아. 지금 심각한 상황이야. 우린 여기서 기다리는 수밖에 없어."

그리고 잠시 후 우린 얼빠진 사람들처럼 서로를 쳐다보며 그냥 멍하니 서 있었다. 지도도 없이 달에서 길을 잃은 사람들처럼.

마침내 간호사가 나타나서 엄마가 잠이 들었으니 방해하지 말고 집에 돌아가서 전화를 기다리라고 말했다.

난 잠이 오지 않았다. 수지 아줌마도 마찬가지였나 보다. 수지 아줌마가 손님용 방에서 뒤척이며 한숨 쉬는 소리가 다 들렸다. 새벽 3시쯤, 집안이 조용해졌다. 수지 아줌마도 깜빡 잠이 든 모양이었다. 난 침대에서 빠져나와 엄마 방에 몰래 들어

갔다. 불은 켜지 않았다. 정돈되지 않은 이불이 침대 한쪽에 밀려서 뭉쳐 있었다. 캄캄한 어둠 속에서 보니 마치 엄마가 거기 있는 것처럼 보였다.

난 침대 귀퉁이에 앉아서 엄마가 없는 텅 빈 이불 더미에 손을 얹었다.

"괜찮아요, 엄마. 다 괜찮아질 거예요."

'정말 그럴 거죠?'

그리고 일어나서 해리 힐에게 편지를 썼다.

해리 힐 씨에게

　엄마가 열이 떨어지지 않아서 병원에 계세요. 열이 너무 많이 나서 그 끔찍한 화학 요법을 할 수도 없고 너무 보기 안쓰러운 상태인데 의사 선생님은 내가 너무 어리다고 나에게 정확한 엄마의 상태에 대해 말을 안 해 줘요. 그래서 말인데, 아저씨의 의학 상식으로 보기에 엄마가 괜찮아질 것 같은가요? 엄마는 지금 열이 40도까지 오르고 계속 토하고 있어요. 이게 정상적인 건가요? 모금 행사까지 2주 남았는데 엄마가 그때까지 괜찮아질까요?

　지금까지 제가 보낸 편지는 다 무시해도 좋아요. 하지만 이번 편지만큼은 진짜 심각하게 중요한 거예요. 되도록 빨리 답장해 주세요.

 그럼 이만······.

필립 라이트

추신: 열 때문에 죽을 수도 있나요?

돌아와! 엄마!

다음 날 오후가 되어서야 우린 병실에 들어갈 수 있었다. 엄마 모습이 너무 끔찍했다. 진짜 끔찍했다. 수지 아줌마는 엄마를 보자마자 울음을 터트렸다. 정말 도움이 안 되는 행동이었다. 내가 할 수 있는 건 조 할아버지를 떠올리는 것뿐이었다. 하지만 할아버지도 이미 돌아가신 분이기에 큰 도움이 안 되는 건 마찬가지였다.

살면서 죽은 사람을 본 적이 있는가? 흠, 일상에서 죽은 사람을 보았다면 그 사람은 죽은 게 아니라 살아 있는 상태일 테니까…… 내 말은, 이야기로 들은 것 말고 실제 자기 눈으로 죽은 사람을 본 적 있냐는 말이다. 나는 돌아가신 조 할아버지가 관에 누워 있는 걸 본 적이 있다. 할아버지의 관은 열려 있어서 원한다면 안에 들어가서 할아버지와 같이 누워 있을 수도 있었다. 좀 이상했지만 괜찮은 것 같기도 했다.

어쨌든 난 조 할아버지를 떠올릴 수밖에 없었다. 엄마 피부가 돌아가신 할아버지랑 똑같이 창백한 노란색이었기 때문이다. 마치 몸에서 피가 다 빠져나간 것 같은 색이랄까. 일부러 과장하려는 게 아니다. 난 내가 본 걸 그대로 말하는 것뿐이다.

난 엄마를 안아 주고 싶었지만, 온갖 관이랑 호스 같은 것들 때문에 할 수가 없어서 엄마의 볼에 쪽 하고 뽀뽀만 했다. 엄마 피부는 차가웠지만, 얼굴에 미세한 땀방울들이 있어서 끈적했다. 그러니까 차가운 땀이라는 뜻이다. 난 영어 선생님이 설명하던 역설이라는 게 이런 거구나 싶었다.

엄마는 나를 향해 미소를 지으며 나에게 뽀뽀해 주겠다고 입을 오므렸지만, 베개에서 머리를 들어 올리지는 못했다. 엄마는 머리가 너무 무겁다고 했다. 1톤쯤 나가는 것 같다고 했다. 엄마 목소리는 너무 힘이 없고 거칠었다. 대신 엄마가 손을 내밀길래 난 앉아서 엄마 손을 잡았다. 역시나 땀 때문에 축축하면서도 차가웠다.

수지 아줌마는 내 뒤에 서 있어서 보이지 않았다. 아무리 안 우는 척해도 울고 있는 게 다 느껴졌다. 숨소리만으로도 알 수 있었다. 우리 셋 다 아무 말도 없이 가만히 있었다.

10억 분의 1초밖에 안 지난 것 같은데 간호사가 들어오더니 우리더러 나가라고 했다. 엄마가 피곤하다면서 말이다. 난 가기 싫었다. 수지 아줌마가 날 붙들고 침대에서 떼어 내려고 했기에 난 싫다고 소란을 피울 수밖에 없었다. 엄마 표정을 보니 화가 난 것 같아서 난 나 자신이 싫어졌다.

그러다 엄마가 화가 난 건 나 때문이 아니라는 걸 깨달았다. 엄마가 손을 내밀어 나에게 손짓을 했기 때문이다. 난 엄마에게 바짝 다가갔고 엄마의 숨결이 얼굴에 그대로 느껴졌다. 따뜻하면서도 힘이 없었다.

"재미있는 농담해 줘. 사랑해⋯⋯ 재미있는 이야기해 줘."

엄마가 더듬더듬 말했다.

난 '의사 선생님, 의사 선생님' 농담이 적당할 것 같아서 한쪽 귀에 바나나, 한쪽 코에 오이를 꽂고 의사를 찾아간 사람 이야기를 해 주었다.

엄마는 내가 이야기를 끝맺기도 전에 잠이 들었다.

간호사가 헛기침을 하며 엄마의 주사 줄을 확인했다. 간호사는 모니터에 있는 버튼들을 누르며 말했다.

"이제 좀 낫죠, 캐슬린 씨, 어때요?"

간호사의 목소리는 친절했지만 난 그 사람이 싫었다.

우리 엄마 이름은 캐슬린이 아니라 캐시다. 아무도 엄마를 캐슬린이라고 부르지 않는다. 나 말고는. 엄마한테 장난칠 때 내가 부르는 이름이란 말이다.

간호사가 내게 말했다.

"엄마 쉬셔야 하니까 이제 나가렴."

부드럽지만 불쾌한 말투였다.

'엄마라고 부르지 말아요. 당신 엄마 아니니까'라고 소리치고 싶었다.

하지만 실제로 그러진 않았다. 난 그냥 앉아서 엄마 손을 잡은 채 간호사 말을 무시했다.

"이제 나가야 한다고."

간호사가 수지 아줌마에게 도움의 눈길을 보내며 말했다.

"필립?"

아줌마가 날 불렀다.

난 아줌마도 무시했다. 난 그냥 엄마 침대에 기어 올라가서 엄마 옆에 눕고 싶었다. 하지만 환자 외에는 침대에 누우면 안 된다고 굵고 큰 궁서체로 써 놓은 안내판이 붙어 있었기에 그러지 못했다.

난 영웅은 못 될 것 같다. 영웅들은 그런 안내판 따위에 주의를 기울이지 않는다. 그냥 무시하고 영웅적인 일을 해낸다. 하지만 난 그렇게 못 한다. 난 굉장히 순종적인 사람이다. 고분고분한 사람. 조 할아버지가 늘 날 보고 그렇게 말했었다.

하지만 그 순간만큼은 시키는 대로 할 수가 없었다. 꿈쩍도 하기 싫었다. 난 의자를 끌어당겨 엄마의 입김이 볼에 그대로 느껴지도록 내 얼굴을 엄마 얼굴 옆에 갖다 댔다. 엄마는 거의 숨을 쉬고 있지 않은 것 같았다. 숨을 들이마시고 내쉴 힘도 없는 건지 아무것도 느껴지지 않았다.

난 머리를 더 가까이 들이댔다. 입술을 엄마 귀에 갖다 대고 숨을 들이마셨다. 바보 같은 짓이지만 그렇게 해야만 했다. 엄마에게 내 생명력을 불어넣어 주어야만 했다.

어떻게 병실을 빠져나왔는지, 어떻게 집까지 차를 타고 왔는지는 기억이 나지 않는다. 수지 아줌마가 코코아를 타 주고 뜨거운 물주머니를 침대 안에 넣어 준 다음, 나를 아기처럼 눕혀 주었다는데, 아줌마가 나중에 이야기해 준 걸 듣고도 기억이 나지 않았다.

침대에 누워서 조 할아버지 생각을 했던 건 기억이 난다. 관에 누워 있는 경직되고 누렇고 차가운 할아버지. 죽어서, 영영, 다시는 돌아오지 못하는 할아버지.

엄마도 같은 색깔인 데다 거의 움직임이 없었다. 엄마도 돌아오지 않으면 어떡하지? 그다음에 난 어떻게 해야 하지? 누구 뽀뽀를 몸을 확 숙여 피하고, 누구 잔소리를 무시하지? 건망증이 심해서 체육 수업이 있는 날 현관 앞에 준비물을 흘리고 갔다고 누가 알아주지? 내가 토스트 중에서도 콩을 얹은 토스트를 좋아한다는 것, 차 말고 커피에 설탕 타는 걸 좋아한다는 것, 치즈에 약한 알레르기가 있다는 걸(자꾸 방귀가 나온다) 누가 알아주지? 누가 내 머리를 흐트러트릴 것이며(진심 짜증이 나지만) 누가 '오늘 하루 어땠어?'라고 물어보고 끈덕지게 대답을 기다려 주지?

수지 아줌마든 누구든 다른 사람이 이 모든 걸 배우게 된다 해도, 엄마가 '필립 라이트의 모든 것'이라는 지침서를 적어서 남겨 준다고 해도 다 소용없을 게 뻔하다. 엄마 자리를 '대신' 할 사람 따위는 필요 없다. 느낌도 다를 거고 냄새도 다를 거고 행동도 다를 테니까. 소리도 다르고 생각하는 것도 다를 테니까. 숨 쉬는 것도 다를 거다, 아마. 난 그렇게 다른 세상에서 살고 싶지 않았다. 엄마가 돌아와야만 했다. 그래야만 했다.

난 침대 한가운데에 공처럼 동그랗게 몸을 웅크리고 누워서 소리쳤다.

"돌아와! 돌아와! 엄마, 제발 돌아오라고!"

해리 힐 씨에게

제 인생관이 완전히 달라질 것 같다는 걸 알려 드리고 싶어요. 다시는 나의 영웅들을 존경할 수 없을 거예요. 그리고 그건 다 아저씨 탓이에요.

어떻게 이럴 수가 있죠? 아저씨는 여전히 TV에 나오고 즐

겁고 재미있네요. 가끔 쇼에 평범한 사람들도 나오던데, 솔직히 저나 엄마 같은 평범한 사람들은 신경도 안 쓰시죠?

답장 한 번 써 주면 죽기라도 한대요?

이번이 마지막 편지예요. 저도 참을 만큼 참았어요.

안녕히 계세요.

필립 라이트

비밀 작전

 엄마는 모금 행사 이틀 전에야 집에 돌아왔다. 수지 아줌마와 나는 정말로 야단법석을 떨며 엄마가 손 하나 까딱 못 하게 했다. 차 한 잔도 엄마 손으로 직접 못 타게 했다.
 "나 괜찮다니까."
 엄마가 항변했다.
 하지만 엄마는 괜찮아 보이지 않았다. 살도 빠지고 창백했으며 피곤해 보이고 대머리였다.
 "쉬면서 기력이나 차리라니까."
 수지 아줌마가 말했다.
 "케이크랑 살찌는 음식 많이 먹어야 해요."
 내가 말했다.

엄마는 날 보며 웃더니 수지 아줌마에게 말했다.

"쉴 때가 아니야. 행사 준비를 해야지."

"이미 다 준비됐어요. 정말이에요. 엄마는 걱정할 거 하나도 없어요. 여러 가지 활동도 다 준비됐고 제 공연 준비도 순조로워요. 들어 보실래요?"

"아, 사실은 네가 할 일이 하나 더 있어. 슈퍼마켓에 가서 간호사가 추천했던 허브차 좀 사 올래?"

수지 아줌마가 말했다.

"슈퍼마켓은 어제 갔었잖아요."

내가 말했다.

"허브차 사는 걸 까먹었어."

"하지만 슈퍼마켓은 한참 멀잖아요."

"6킬로미터밖에 안 돼."

"가는 데 엄청나게 오래 걸려요."

난 아줌마에게 최대한 불쌍한 목소리로 물었다.

"차 없어도 상관없잖아요, 네?"

"제발 다녀와."

아줌마가 나보다 훨씬 더 불쌍한 목소리로 말했다.

아줌마는 내게 5파운드 지폐를 주며 서두르지 말고 천천히 다녀오라고 했지만 난 서둘렀다. 난 시내에 있는 슈퍼마켓까지 달려갔고 허브차를 집어서 바로 달려왔다. 30분 만에 일을 다

해치우고 돌아오자 땀범벅에 숨이 가빴다. 30분은 개인 최고 기록이었다.

"이크, 번개맨이네."

수지 아줌마가 말했다.

하지만 아줌마는 놀라기보다 짜증 난 듯 보였다. 내가 현관에 도착한 소리를 듣고 거실에서 나온 아줌마는 내가 집에 들어가지 못하게 막고 섰다.

"너 때문에 미치겠다. 근데 빨대가 필요한 걸 깜빡했네."

"빨대요?"

"응, 빨대. 구부러지는 걸로. 내일 음료수 마실 때 필요해."

"하지만 지금 비 오는데요."

"그래서 뭐? 사람들은 비 올 때도 빨대로 음료수 마셔."

아줌마는 20파운드 지폐를 내 손에 던져 주고 다시 거실 쪽으로 쓱 돌아갔다.

난 차를 갖다 놓으려고 부엌에 들어갔다. 그리고 찬장 문을 닫으려고 할 때 보고 말았다. 허브차 한 상자를. 아직 뜯지도 않은, 내가 사 온 것과 똑같은 차. 수지 아줌마가 내게 거짓말을 했든지 아니면 알츠하이머에 걸린 게 분명했다. 난 아줌마의 상태가 궁금할 따름이었다. 엄마를 돌보는 것만으로는 부족하단 말인가. 난 아줌마 얼굴을 어떻게 봐야 하나 걱정하면서 복도로 갔다. 그리고 거실 문 앞에서 남자 목소리를 들었다.

난 밖으로 나가 길을 지나가는 척하면서 창문으로 안을 훔쳐보았다.

그런데 너무 멀어서 보이질 않았다. 그리고 우리 집 앞에 낯설지만 아주 고급스러운 자동차가 주차된 걸 발견했다. 이 두 사건이 연결되어 있는 걸까.

홀딱 젖은 채로 빨대 한 뭉치를 들고 집에 돌아왔을 때 거실 쪽 블라인드가 내려져 있었다. 그것만으로 부족했는지 수지 아줌마가 현관에서 나를 기다리고 있었다. 아줌마는 나를 들여보내지 않고 케이시 부인이 잘 계신지 확인해 보라고 했다. 그 순간 나는 무슨 일이 벌어지고 있다는 걸 확신했다. 수지 아줌마가 케이시 부인의 상태를 걱정하는 건 한 번도 본 적이 없었기 때문이다. 난 싫다고 했지만 아줌마는 꿈쩍하지 않았다.

치와와 부인은 나를 보자 정말로 반가워하는 눈치였다. 기대하지 못한 반응이었다. 부인도 다른 사람들 만나는 걸 좋아하는구나. 왜 그동안은 몰랐을까. 난 부인이 동물을 더 좋아하는 줄로만 알았다. 어쨌든 치와와 부인은 나에게 주스 한 잔과 조금 눅눅한 다이제스티브 비스킷을 주었다. 이제 돌아와도 된다고 수지 아줌마가 전화할 때까지, 우린 안쪽 방에 같이 있었다. 그날 나는 새로운 것들을 배웠다. 노인들은 늘 죽은 사람 이야기를 한다는 것. 그리고 초침 소리가 아주 시끄러운 시계를 갖고 있다는 것.

다시 집으로 돌아왔을 때 수상한 고급 자동차는 사라지고 없었다. 블라인드는 걷힌 상태였고 거실엔 엄마와 수지 아줌마 말고 아무도 없었다. 둘 다 매우 죄책감을 느끼는 얼굴이었다. 뭔가를 꾸미고 있는 게 분명했다.

최고의 약

사람들은 너무 긴장했거나 신이 났을 때 농담으로 오줌을 지릴 것 같다는 말을 할 때가 있다. 하지만 직접 그런 상황을 겪어 본다면 전혀 농담할 상황이 아니라는 것을 알게 될 것이다. 모금 행사가 있던 날 난 신경이 잔뜩 곤두서 있었고 계속 오줌이 마려웠다. 그리고 끝내 늦게 도착했다.

나 때문이 아니었다. 솔직히 수지 아줌마의 실수 때문이었다. 아줌마는 운전하고 오는 길에 계속해서 누군가와 통화를 하면서 '나는 신경 쓰지 않아도 되는' 축제 관련 이야기를 쉬지 않고 했다. 아줌마는 내가 행사 진행자이자 인기 스타라는 사실을 잊은 모양이었다. 인기 스타는 그런 것들까지 다 신경 쓸 여력이 없단 말이다.

그리고 마침내 행사 장소에 도착했을 때 엄마는 휠체어 타는 걸 거부했다. 그래서 내가 대신 거기 앉아서 행사 진행을 준비했다. 난 엄마를 이해할 수가 없다. 난 다리가 부러져서 휠체어를 타고 다니는 게 늘 꿈이었기 때문이다. 누구나 다 그럴 거라 생각한다. 사람들은 엄마에게로 다가와 포옹을 하고 보기 좋아 보인다는 말을 했다. 참 친절하기도 하지. 엄마는 보기 좋지 않았다. 아파 보였다. 하지만 행사 장소를 보고 있는 것만으로도 엄마의 얼굴엔 흐뭇한 미소가 지어졌다. 어쨌든 난 엄마 그리고 수지 아줌마 차를 같이 타고 온 치와 부인을 '보살피면서' 거기 앉아 있어야 했다(주의: 난폭하고 냄새나는 치와와, 세 명의 성인, 한 명의 소년은 차를 같이 타기에 좋은 조합이 아니다). 한편 수지 아줌마는 엄청 중요한 인물이라도 되는 듯 여기저기 돌아다니며 사람들과 통화를 했다.

나는 PMA, 긍정적인 마음가짐을 갖자고 다짐했다. 적어도 우린 자리가 좋았다. 안 보이는 게 없었다. 색 테이프, 풍선, 꼬마전구, 온 벽에 가득 붙어 있는 해리 힐 사진, 음식과 음료수를 파는 가판대, 게임이나 전시 가판대, 수십 명의 해리 힐까지. 대머리 가발과 크고 까만 안경을 쓴 사람이 너무 많아서 누가 누군지 알아보기도 힘들었다. 하지만 앙과 그의 엄마, 아빠가 코코넛 떨어뜨리기 가판대 쪽에 있는 건 확실히 알아볼 수 있었다. 루시와 미어캣 홀리가 네일 전문가에게 손톱 손질을 받는 것도 보였다. 학교에서 온 사람들이 엄청 많았고 모두 대머리 가발을 쓰고 있었다. 심지어 교장 선생님도 보였고, 놀랍게도 그레이 선생님까지 있었다. 선생님은 나에게 다가와 인사를 했지만 시 이야기는 전혀 하지 않았다. 선생님도 대머리 가발을 쓰고 있었다!

그리고 나는 커다란 카메라로 쉼 없이 사진을 찍고 있는 한 여자를 발견했다. 엄마가 기자들도 올 거라고 하더니. 생각해 보라. 해리 힐 감사협회가 신문에 실린다니! 나도 유명해질 수 있을 거야!

"우리가 신문 1면에 대문짝만하게 실리는 건가요?"

"그럴지도 모르지."

엄마가 활짝 웃으며 대답했다.

그리고 잠시 후 조그만 꼬마가 뛰어들어 오더니 카메라랑 사람이 엄청 많다고 소리를 질러 댔다. 그리고 또 뭐라고 했는데 알아들을 수가 없었다. 그 순간 DJ가 해리 힐 음악을 엄청나게 큰 소리로 틀었기 때문이다. 이제 내가 무대 위에 올라갈 때라는 뜻이었다.

그런데 난 무대 위도 아니었고 무대 뒤도 아니었으며 무대 옆도 아니었다. 케이시 부인과 부인이 혹시 몰라서 가지고 온 거대한 뜨개질 가방 옆을 미처 지나가기도 전에, 불이 꺼지고 DJ는 내 소개를 하기 시작했다.

"신사 숙녀 여러분, 오늘의 진행자를 위해 큰 박수 부탁드립니다."

나는 이러다 내가 기절하거나 질식하거나 폭발하거나 파열되거나 뭐든 하게 될 것 같다고 생각했다(솔직히 마지막 두 단어의 차이점은 잘 모르겠다). 커튼이 열렸을 때 내가 거기 없으면 난 멍청이처럼 보일 것이다. 아무도 멍청이인 내가 보이지는 않겠지만 말이다. 무슨 말인지 알겠지? 이건 보통 일이 아니었다. 난 DJ를 향해 미친 듯이 손을 흔들었지만, 그는 나를 보지 못했다. DJ는 계속해서 천천히 말을 끌면서 나를 소개하고 있었다. '신사 숙녀 여러분……오늘의……진행자를……소개……해 드릴게요…….'

그리고 그가 음악 소리를 조금 더 높이자 서서히 커튼이 열렸다. 그러자 그 커튼 뒤에서 진짜, 실제, 살아서 움직이는 해리 힐이 나타났다!

관객들은 미쳐 날뛰었고, 난 오줌을 지릴 뻔했다. 그리고 나는 한 번 더 방광 제어를 잘해야만 했다. 왜냐하면 해리 힐 아저씨(그래, 그 해리 힐)가 나를 무대 위로 불러냈기 때문이다! 오줌으로 얼룩진 바지는 누가 입어도 보기 안 좋지만, 특히나 나 같은 사람에겐 더더욱 어울리지 않는다. 세계 최고의 코미디언과 함께 무대에 불려 나온 사람, 해리 힐 아저씨가 '클래식'하다고 표현한 코미디로 30분의 공연 시간을 꽉 채운 사람에게는 말이다. 들었는가? 내가 '클래식'하단다.

난 이 위기를 모면하기 위해 동물 농담으로 시작했다. 동물 농담은 실패할 수가 없다. 동물을 사랑하는 사람이라면 그 농담이 귀엽다고 생각할 것이고, 동물을 싫어하는 사람이라면 동물을 놀리는 게 재미있다고 생각할 것이기 때문이다. 윈-윈이라고나 할까. 그다음에 난 '의사 선생님, 의사 선생님' 코미디로 넘어갔다. 그런데 이게 웬일? 해리 힐 아저씨가 그 내용을 다 알고 있어서 난 환자 역할을 하고 아저씨가 의사 역할을 했다. 마치 미리 연습이라도 한 것처럼 자연스러웠다. 우리는 정말 웃기고 재미있는 코미디 콤비였다.

자신의 영웅은 먼발치에서만 봐야지, 직접 만나면 실망하고 말 거라는 이야기를 들어 본 적 있을 것이다. 흥, 그런 말은 다 틀렸다. 해리 힐 아저씨는 실생활에서 훨씬 더 착하고 훨씬 더 재미있었다. '의사 선생님, 의사 선생님' 때 콤비로 연기했던 것 외에는 내가 무대에 있는 동안 한 번도 내 공연을 방해하지 않았다.

공연이 끝나자 해리 힐의 경호원들이 그를 둘러싸고는 이제 가야 한다고 말했지만, 아저씨는 (대부분 대머리 가발 위에) 사인도 해 주고, 앉아서 엄마랑 대화도 나눴다. 정말 친절하지 않은가? 우리 엄마가 사인을 받겠다고 몰려든 사람들과 같이 서 있기에는 아직 몸이 온전치 못하다는 걸 알고 배려한 것이다. 어쩌면 앞으로 선보이게 될 새로운 의학 코미디를 위해 미리 연습하고 있는 건지도 모른다. 아니면 아저씨가 그냥 착한 사람이라서 그럴 수도 있다. 늙은 케이시 부인과도 잠깐 대화를 나눈 걸 보면 말이다. 아저씨는 알프레드 피클스의 머리를 쓰다듬고는 패리스 힐튼이 핸드백에 넣어 다니는 개에 대해 웃긴 이야기를 했지만, 케이시 부인은 무슨 소린지 알아듣지 못한 게 분명했다. 솔직히 말해서 케이시 부인은 해리 힐이 누군지도 전혀 모르는 것 같았다.

해리 힐 아저씨는 엄마에게 내가 자랑스러운 아들이며 진짜 생각이 깊은 아이라고 말했다. 난 그 말이 정말 마음에 들었다. 지금껏 그 누구도 내게 생각이 깊은 아이라는 말을 한 적이 없었기 때문이다.

여신이 거기서 그 이야기를 들었다면 얼마나 좋을까 싶었지만, 안타깝게도 여신은 강당 건너편에서 미어캣과 수다를 떨고 있었다.

일단 무대에서 내려오자 난 해리 힐 아저씨에게 완전히 빠져 버려서 한마디도 제대로 할 수가 없었다. 머릿속에 몇 년 동안 쌓아 두었던 질문이 한가득이었지만 하나도 꺼내지 못했다. 나는 퉁명스러워 보일 정도로 말이 없었지만, 해리 아저씨는 개의치 않았다. 내게 수줍음이 많은 아이라고 말하며 내 편지를 정말 재미있게 읽었다고 했다. 아저씨는 몇 주 전에야 내 편지를 처음 받아 보았다고 했다. 그것도 지금까지 내가 쓴 편지 전부를 한꺼번에.

"편지가 계속 쌓여 가고 있었어. 어느 날 서류에 사인할 게 있어서 사무실에 갔다가 그걸 발견한 거지. 그때 너희 엄마에게 전화를 걸었어."

아저씨는 그 편지를 읽고 정말 많이 웃었다고 했다. 도대체 난 그게 왜 웃긴지 알 수가 없었다. 농담으로 가득한 편지가 아니라 절박한 상황에 부닥친 어린애가 간절하게 도움을 요청하는 편지였기 때문이다. 하지만 굳이 따지지 않았다. 난 마지막에 썼던 그 끔찍한 편지가 자꾸 생각났다. 하지만 그런 걸 못 본 체 해 주는 사람이야말로 진정한 영웅이라고 할 수 있는 것이다.

해리 힐 아저씨는 떠나면서 엄마 볼에 입을 맞췄다. 엄마 얼굴이 빨개지자 모두 웃음을 터트렸다. 그가 떠나고 나서도 사람들의 얼굴에서는 미소가 끊이지 않았다. 특히 나랑 엄마가 제일 많이 그랬다. 마치 아저씨가 우리에게 주문을 건 것 같았다. 사실 강당 전체가 파티 분위기에 휩싸여서 아무도 집에 돌아가고 싶어 하지 않았다. 그리고 그 분위기가 깨질세라 DJ가 일어났다. 그리고 아직 놀 거리가 한참 남아 있으니 아무도 집에 갈 생각은 하지 말라고 말했다.

그리고 DJ는 이 말만 한 60번을 했다.

"와우! 신사 숙녀 여러분! 해리 힐 씨라니! 아직도 믿기지 않네요!"

나는 엄마에게 말했다.

"그러니까 그 모든 비밀과 수지 아줌마의 '사적인' 통화가 다 이것 때문이었군요."

엄마랑 수지 아줌마를 칭찬해야겠다. 그 둘은 스파이 같은 직업을 가져도 좋을 것 같다. 그렇게 큰 비밀을 어떻게 숨기고 있었던 건지, 나라면 절대 못 할 것 같았다.

"다 같이 안아 보자!"

수지 아줌마가 우리 쪽으로 달려오며 소리쳤다. 그리고 사람들이 다 보는 앞에서 아줌마는 나랑 엄마를 꽉 껴안았다.

오해하지 말고 듣길 바란다. 해리 힐의 깜짝 방문을 겪은 나는 세상 모든 걸 용서할 수 있을 것 같은 기분이었다. 난 누가 나를 쳐다보고 있는 것 같아 주위를 둘러보았고 역시나 그들을 발견했다. 루시와 앙, 그리고 미어캣 홀리가 정확히 내 쪽을 쳐다보고 있었다. 멍청하게 활짝 웃으면서. 앙과 홀리는 여전히 대머리 가발을 쓰고 있었지만 루시는 가발을 벗고 여신의 금빛 머리카락을 흩날리고 있었다. 그 어느 때보다 사랑스러워 보였다.

내가 자기들을 쳐다본 걸 발견하자 셋이 내 쪽으로 다가오기 시작했다. 그날 내가 헛것을 보는 건가 싶었던 때는 그때 말고도 한 번 더(해리 힐 아저씨를 보았을 때) 있었지만, 애들이 모두 느린 속도로 움직이는 것처럼 보이는 건 이때가 처음이었다. 마치 영화 속 감상적인 장면처럼 세상 모든 것이 반짝반짝 빛나며 화려하게 보였다.

앙과 홀리가 내 쪽으로 천천히 걸어오고 있었다.

둘은 손을 잡고 있었다!

"너랑 홀리가!"

난 숨이 턱 막혔다.

"어떻게 이걸 모를 수가 있어, 친구?"

앙이 내게 말했다.

앙은 홀리를 향해 고개를 돌리고는 바보처럼 씨익 웃었다. 세계 최고의 바보 친구였다.

난 루시를 쳐다보았다.

"너랑 앙이 아니었어?"

"아니야!"

루시는 믿을 수 없을 정도로 아름다운 머리카락을 마구 흔들며 웃었다.

"그럼 너랑 에디 리틀이구나."

나는 이 말을 내뱉으며 속이 좀 쓰라렸다.

"미쳤어? 그건 있을 수 없는 일이야. 에디는 내 사촌이라고."

"사촌?"

난 꽥 소리를 질렀다. 정말로, 꽥. 난 놀라면 어딘가에 몸이 껴 버린 생쥐 같은 소리를 내는데, 제발 그러지 않도록 연습을 좀 해야겠다.

"응, 사촌. 네가 이야기를 들으려고 하지 않았잖아. 에디를 싫어하느라 너무 바빠서. 사실 그러면 안 돼. 너랑 에디는 공통점이 많단 말이야."

솔직히 내가 사랑에 빠진 (대머리) 푸들이랑 닮았을 수는 있다. 하지만 설인과 비슷해 보일 리는 없다. 난 뚱뚱하지도 않고 머리가 길지도 않으며 무뇌아도 아니란 말이다.

"아, 그렇구나."

내가 말했다.

"응, 맞아."

루시는 홀리와 앙이 걸어간 건너편을 가리켰다.

처음엔 알아보지 못했지만 잠시 후 홀리와 앙이 함께 이야기 나누고 있는 사람이 설인이라는 걸 발견했다. 하지만 설인은 더 이상 설인이 아니었다. 길고 숱 많은 흉측한 머리카락이 사라지고 없었다. 대머리 가발 밑에 숨긴 것도 아니었다. 설인은 빡빡머리였다. 바로 나처럼.

"에디 뒤쪽에 파란 반다나를 하고 서 있는 여자 분이 에디 엄마야."

루시가 설명했다.

"클레어 이모. 이모도 유방암에 걸리셨어. 머리가 다시 자라는 중이어서 반다나를 안 쓰면 고슴도치 같다고, 늘 반다나를 쓰고 계셔."

난 할 말을 잃고 멍하니 서 있었다. 말문이 막혔다.

"하!"

루시가 믿을 수 없을 만큼 아름다운 머리카락을 흔들며 말했다.

"지금 그 유명한 '사전을 집어삼켜서 아무 말도 하지 못하는 상태의 필립 라이트'가 되어 버린 거야?"

그 유명한 필립 라이트는 마네킹처럼 서 있기만 했다. 너무나 바보 같은 마네킹처럼.

그러자 루시가 말했다.

"솔직히 말해서 필립, 넌 너무 너에게만 몰두하고 있는 것 같아. 네 코앞에 뭐가 있는지도 모르고 있달까. 가서 에디랑 이야기 좀 해 볼래?"

만약 내 인생이 미국 TV 드라마처럼 가식적이라면 아마 '그래'라고 대답했을 것이다. 설인과 나는 포옹을 하고 최고의 친구가 되어서 앞으로 영영 행복할 것이다. 어쩌면 어른이 되어 같이 사업을 해서 대머리 가발 제조업자로 크게 성공을 거둘지도 모른다.

하지만 난 TV 드라마 속에서 살지 않기에 이렇게 말했다.

"아직은 싫어. 여기 있을래."

그러자 루시가 말했다.

"그래, 나도."

루시는 팔꿈치로 나를 쿡 찌르며 키득거렸다.

"어떻게 앙이랑 홀리가 서로 좋아 죽는데도 그걸 모를 수가 있어?"

난 루시를 보며 어깨를 으쓱했다. 루시가 웃는 걸 멈추고 나에게 한 발짝 가까이 다가왔다.

"어떻게 몰라?"

루시가 천천히 말했다.

그러고 나서, 진짜 믿기 힘들겠지만, 루시가 내 손을 잡았다.

우린 그렇게 손을 잡고 웃었다. 마치 이 세상의 이치를 다 깨달은 사람들처럼.

여러분은 나이 많은 할아버지, 할머니들이 '웃음이 최고의 약이다'라고 말하는 걸 들어 본 적 있을 것이다. 달관한 척하려는 것도 아니고 분위기를 깨려는 것도 아니지만, 그 말을 믿지 않으면 지저분한 무좀에서도 벗어날 수 없을 거라는 걸 기억하기 바란다(내 말을 믿어라. 내가 다 알고 하는 소리다). 내가 작정하고 농담으로 사람들을 치료하려고 하지도 않았는데, 행사에서 행복한 얼굴들을 너무 많이 만났다. 해리 힐 감사협회 회원들이 그렇게 즐거운 표정을 짓는 건 처음 봤다. 모든 사람들이 행복으로 얼굴이 빛나고 있었다. 엄마가 그 정도로 기뻐하는 것도 몇 달 만이었다. '웃음이 최고의 약'이라는 속담은 결코 허튼 말이 아니었다.

해리 힐 아저씨에게 편지를 써서 어떻게 생각하시는지 물어봐야겠다.

31
빛나는 순간

 암에 걸리고 화학 요법을 견뎌 내고 방사선 치료를 받고 죽음을 마주했다가 다시 살아나면, 왠지 이제 사소한 일로는 걱정하지 않을 것 같지? 휴, 전혀 아니다.
 엄마의 치료가 모두 끝나고 병원에서 다시 직장을 다녀도 된다는 말을 들은 후 어느 날, 학교를 마치고 집에 왔더니 엄마가 까만 벨벳 원피스를 움켜쥐고 꺼이꺼이 울고 있었다. 닭똥 같은 눈물이 뺨을 타고 흘러 벨벳 위에 톡 떨어졌다. 눈물은 천에 스며들지도 않고 방울져 있었다.
 난 저 원피스가 과연 무엇을 상징하는지 알아내려고 열심히 머리를 굴렸다. 그 누구라도, 심지어 우리 엄마라도 저깟 옷 한 벌 때문에 저렇게 슬퍼할 것 같지는 않았기 때문이다. 난 결국 생각해 내는 데 실패했고, 엄마 어깨를 감싸고 이렇게 말했다.

"걱정하지 말아요."

"이 옷이 안 맞아."

엄마는 엉엉 울고 절망한 듯 울부짖었다.

"추리닝 입고 회사 갈 순 없잖아."

한쪽 가슴을 절제했으니 엄마 몸무게도 약간 줄었을 거라 생각하겠지만, 사실은 그 반대다. 계속해서 먹어야 하는 약에도 부분적으로 원인이 있었다.

처음엔 병원에서 온종일 토하게 하는 약을 줬다. 그러더니 그후로 계속, 하루 종일 배가 고프게 만드는 약을 주었다. 그래서 엄마는 다이어트에 돌입했다. 상당히 기이한 다이어트였다. 상추 이파리와 크래커만 먹으면 사람이 예민해질 수밖에 없다. 엄마는 체중을 재고 살이 빠졌을 때만 미소를 지었다. 그러나 그 미소는 채 2~3분을 가지 못했다. 그러고는 돌아서면 왜 온종일 뭘 먹으면서 온 집을 쑤시고 다니냐며 나에게 소리를 질렀다. 난 집을 쑤시고 다닌 적은 없기에 억울했다.

불쌍한 우리 엄마. 나는 (그리고 수지 아줌마도) 엄마에게 계속 말했다. '새 삶을 얻었는데 살이 무슨 대수냐, 몇 킬로그램 쪄도 아무 상관없다'라고 말이다. 그렇지만 솔직히 나는 엄마가 살이 조금 빠지면 좋겠다. 엄마에겐 그게 무척 중요한 일이라는 걸 알기 때문이다. 난 옛날부터 엄마가 얼마나 허영심이 많고 얼마나 아름다운지 잘 알고 있다. 그래서 엄마가 살 빼는 걸 도와주기 위해 몸에 안 좋은 군것질거리는 내 옷장 안에 숨기기 시작했다. 그리고 상추와 오이, 케이시 부인이 갖다 준 희멀건 다이어트 수프를 같이 먹었다. 다이어트 수프의 주재료는 물과 양파 같았다. 사실상 열량이 0이었다. 맛 역시 0이었다. 하지만 나는 엄마가 외롭지 않게 같이 먹어 주었다.

불쌍하고 늙은 엄마와 엄마의 물컹물컹한 배는 나아지려면 시간이 한참 걸리겠지만, 나의 나머지 일상은 눈에 띄게 빠른 속도로 회복되고 있었다. 앙과 나는 다시 예전의 앙과 나 사이로 돌아갔다. 따로 이야기를 나누거나 고민하거나 징징거리는 일 없이, 그냥 그렇게 되었다.

내 여자 친구 루시(그렇다, 내 진짜 여자 친구다)는 앙과 내가 여자애들이었다면 그동안 있었던 일을 모두 이야기하고, 분석하고, 약속하고, 다짐하고, 서로 미안하다고 해야 화해할 수 있다고 했다.

난 내가 여자가 아니라 참 다행이라고 생각했다. 그런 것들을 다 생각하려면 얼마나 피곤할까. 난 머리를 비우고 있는 편이 더 좋다. 훨씬 단순하니까.

내 머리 이야기를 하자면, 머리는 다시 자라기 시작했다. 내 성적이나 다른 생활도 원상태로 돌아가서 엄마가 다행이라고 했다. 한 번은 그레이 선생님을 감동하게 한 적도 있었다. 내가 수업 시간에 자꾸 앙을 웃겼더니 선생님이 내 책상을 교실 맨 앞자리로 옮기라고 했다. 말 안 듣는 학생들을 위해 만들어 놓은 자리, 일명 '멍청이와 아무짝에도 쓸모없는 놈' 자리였다. 그런데 거기서 신기하고도 이상한 일이 벌어졌다.

자리를 옮기자마자 그레이 선생님은 시를 읽을 거라고 했다. 난 그런 말은 절대 미리 하지 말고 기습적으로 꺼내야 한다고 생각한다. 왜냐하면 선생님이 '시'라는 단어를 꺼내자마자 아이들은 수다를 떨고 웃고 종이를 뭉쳐서 던지고 펜을 딸깍거리고 신음을 내고 얼굴을 일그러뜨리고 시를 읽느니 차라리 죽어 버리겠다는 듯한 동작을 하기 시작했기 때문이다.

어쨌든 선생님은 시가 적힌 종이를 나눠 줬고, 난 '아무짝에도 쓸모없는 놈' 자리에 앉아 있었기 때문에 가장 먼저 종이를 받을 수 있었다. 다른 놀 거리가 일절 없었기 때문에 난 어쩔 수 없이 시를 읽었다.

시는 어느 일요일 아침 다른 가족들은 집을 비운 시간, 한 소년이 엄마와 함께 부엌에서 감자를 깎고 있는 내용이었다. 서로의 입김이 느껴질 정도로 머리를 가까이 맞댄 채 말이다. 뭔가 꿈처럼 묘한 느낌이었다. 그런데 두 번째 연에서 소년은 어른이 되어 있었고 그의 엄마는 죽어 가고 있었으며 사람들은 침대 옆에서 기도하고 있었다. 남자는 겁이 났지만 어릴 때 엄마와 감자를 깎던 기억을 떠올리자 더는 무섭지 않았다.

시를 읽자마자 이상한 일이 벌어졌다. 교실 안 모든 소음이 사라졌다. 그리고 나 혼자 타임캡슐 같은 것 안에 들어가 있고, 어린 내 모습을 밖에서 들여다보는 느낌이 들었다. 엄마는 빨래를 널고 있었고 조 할아버지는 창고에서 망치질을 하고 있었다. 소리만 껐다 뿐이지 내 인생에 대한 영화 예고편을 보는 듯한 느낌이었다. 이 모든 경험이 시 한 편에서 시작되다니! 정말 황홀한 체험이었다.

"자, 주목."

그레이 선생님이 입을 열었다.

"이 시에서 시인은 엄마에 대해 이야기하고 있어. 기말고사에도 나올 거니까 집중하고. 누구 읽어 볼 사람?"

그레이 선생님을 겪어 본 사람이라면 이제 다 알 것이다. 그런 질문에 대답하는 사람은 언제나 한 명도 없다는 걸.

"아무도 없어?"

선생님은 고개 숙인 아이들을 절망적인 표정으로 둘러본 후 말했다.

"그래, 그럼 내가 하지."

선생님은 큰 소리로 시를 읽기 시작했고 아이들은 하나둘 입을 다물고 귀를 기울였다.

시를 그 자리에서 통째로 외워 가면 좋겠지만 그럴 수는 없었다. 그렇다고 선생님에게 복사본을 달라고 하는 건 결코 안 될 일이었다. 역시 난 실수를 통해 배우는 사람이라니까. 어쨌든 시를 다 읽고 난 선생님은 이게 무슨 내용의 시라고 생각하는지 아이들에게 물었다. 아무도 대답을 하지 않자, 같은 상황에서의 여느 선생님과 마찬가지로 아이들을 한 명씩 지목하기 시작했다.

"앙? 무슨 시인 것 같아?"

"감자에 관한 시요?"

앙은 기대에 차서 대답했고 모두 웃음을 터트렸다.

"매튜? 넌 어떻게 생각해?"

"뭐라고요?"

매튜는 온종일 머리를 들고 있느라 너무 무거워서 휴식이 필요한 듯 책상에 대고 있던 머리를 들지도 않고 대꾸했다.

선생님은 한숨을 내쉬었다.

"피오나, 네 생각은?"

"모르겠는데요, 선생님. 교회에 가는 것보다 감자가 더 좋다는 거 아닌가요?"

피오나가 대답했다.

"필립?"

그레이 선생님이 맥이 다 빠진 목소리로 물었다.

"기억과 사랑, 그리고 상실에 대한 내용이에요."

내가 대답했다.

"오! 계속해 보렴."

그레이 선생님이 깜짝 놀란 표정으로 말했다.

"이 시는 한 남자가 어린 시절 엄마와 보냈던 시간을 추억하는 내용이에요. 평범하지만 특별한 시간이죠. 그는 엄마와 단둘이서 감자 껍질을 깎고 있어요. 굳이 말하지 않아도 서로를 사랑하고 있지요. 그리고 엄마가 죽어 가고 있을 때 남자는 이 기억을 떠올리게 되고, 그 기억이 그를 다독여 주고 도와줍니다. 반짝반짝 금빛으로 빛나는 순간이었으니까요. 바로 그런 게 추억 아니겠어요? 누군가 죽거나 우리의 곁을 떠날지라도, 우리는 결코 그 사람을 잊을 수 없어요. 결코 보낼 수 없어요. 그들은 영원히 우리의 것이고, 우리가 필요로 할 때 그들은 기억 속에 다시 나타나 우리를 도와주지요."

난 거기서 멈췄다. 교실 전체에 침묵이 흘렀고 그레이 선생님을 포함해 모두 나를 쳐다보고 있었다. 선생님의 얼굴은 어디 아픈 건가 싶을 정도로 빨갛게 상기되어 있었다. 난 내가 이 시를 완전히 잘못 이해했구나 싶었다. 난 조금이라도 덜 바보같이 보이고 싶어서 얼른 덧붙였다.

"제 생각은 그래요."

그레이 선생님은 날 보며 눈을 깜빡이더니 갑자기 돌아서서 칠판을 닦았다. 칠판에는 아무것도 쓰여 있지 않았는데 말이다.

"필립. 세상에, 정말 잘했어. 아주 훌륭해."

선생님 목소리가 사뭇 우스꽝스러웠지만 난 선생님이 진심으로 말하고 있다는 걸 알 수 있었다. '훌륭하다'는 단어는 그레이 선생님이 흔히 쓰는 단어가 아니었다.

선생님은 다시 아이들을 바라보며 평소와 같은 목소리와 표정으로 이렇게 말했다.

"그럼 두운법의 예 두 개를 공책에 적어 볼래?"

그렇게 시 이야기는 넘어갔다. 내 영어 시간 중 유일하게 '훌륭했던' 순간이 그렇게 끝났다.

새롭게 태어난 설인

 미술 수업을 받으러 가는 중이었다. 갑자기 내 어깨에 두툼한 손이 올라왔다. 에디 리틀이었다. 난 그 자리에 굳은 채로, 아직 40킬로그램의 약골인 내 몸을 짓누르는 녀석의 손가락을 느꼈다. 속으로 겁낼 것 없다고 되뇌었지만 소용이 없었다. 난 겁에 질려 숨이 막힐 것 같았다. 목젖이 열 배쯤 커져서 숨통을 짓누르는 느낌이었다. 이런 식으로 질식해 죽으면 법정 소송도 불가능할 것이다. 에디는 아무 짓도 안 했는데 나 혼자 질식한 거니까 말이다. 법의학, 사인 규명, 법정에서 벌어지는 극적인 결말 따위 아무 필요 없을 것이다.
 에디는 내 어깨를 더 세게 누르더니 나를 홱 돌렸다. 그리고 그와 마주 보게 된 내 배에 뭔가 날카로운 걸 쑥 밀어 넣었다.

"왜 이래?"

그가 말했다.

내가 대답을 하지 않자 에디는 날카로운 그 물건을 다시 떠밀었다.

"가져가."

그가 꿀꿀거렸다.

루시가 아무리 설인더러 '진짜 착한 애'라고 해도 어쩔 수 없다. 정말 친구를 사귀고 싶다면 녀석은 좀 더 명확하게 발음하는 법을 배워야 할 것이다. 꿀꿀거리는 건 정이 안 가니까.

"야, 가져가라고."

녀석이 또 웅얼거렸다.

난 아래를 내려다보고는 녀석이 떠밀었던 게 책이라는 걸 발견했다. 아주 흥미로운 살인 도구로군. 책으로 사람을 죽이다니. 난 책 표지를 보았다. 나뭇잎과 건과일 같은 것들이 잔뜩 그려져 있었다. 와우. 지루하게 만들어서 죽일 생각인가?

"책이야."

설인이 내 배에 (하드커버에 반질반질하고 모서리가 매우 날카로운) 책을 들이밀었다.

'우아, 책 모양 책이네. 책인 줄 전혀 몰랐네!'라고 말하고 싶었지만 참았다. 난 새사람이 되기로 했으니까. 내 여자 친구 루시(여자 친구라고 말했던가?)가 나에게 조언했었다. 가끔 내가 하는 엉뚱한 말이 잘못된 인상을 심어 줄 수도 있고 잘난 척하는 걸로 보일 수도 있다고.

그래서 난 이렇게 말했다.

"책이라고?"

"그래, 멍청아. 책. 너희 엄마가 우리 엄마한테 빌려 달라고 했대. 암 진단 후 건강하게 먹기, 체중 감량하기, 뭐 그런 내용인가 봐."

진짜 멍청이가 된 기분이었다. 설인, 에디 리틀, 나의 숙적이 우리 엄마를 위해 착한 일을 하다니. 자기 엄마가 아니라 '우리 엄마'에게. 자, 그럼, 40킬로그램의 약골은 이런 불량스럽지 않은 행동에 어떻게 반응해야 할까?

"고마워."

내가 말했다.

여러분이 기대했을지도 모를 가슴 절절한 화해의 말 같은 건 없었다. 우린 10대 남자애들이니까. 뭘 기대하는가?

그러자 그 애가 말했다.

"천만에, 친구."

친구? 에디 리틀이 날 '친구'라고 부르다니!

그리고 그 애는 내 등을 철썩 때리고는 터덜터덜 걸어갔다. 그리고 난 덕분에 미술 수업에 늦었다.

모두가 미사에 참석하러 떠났을 때

나와 엄마만 남아 감자를 깎았다.

납땜인두에서 뚝뚝 떨어지는 납물처럼

하나씩 하나씩 떨어지는 감자 껍질이 정적을 깼다.

우리 사이의 차가운 위안, 함께 공유하는 무언가

양동이 속 어스레한 빛을 내는 차가운 물.

그렇게 또 떨어지는 껍질. 각자 깎은 감자가 기분 좋게 참방,

물을 튀길 때마다 우리는 번쩍 정신이 났다.

본당신부님이 죽어가는 엄마의 머리맡에서

열렬한 기도를 올리는 동안

몇몇은 기도에 응답하고 몇몇은 우는 그 동안

나는 엄마와 머리를 맞대고 있던 그 순간을 떠올렸다.

바로 앞에서 느껴지던 엄마의 숨결, 능숙하게 물속을 휘젓던 우리의 칼-

삶에서 우리가 그렇게 가까웠던 적이 또 있었을까.

31장 〈빛나는 순간〉에서 필립이 읽은 시는 'Clearances'라고 불리는 셰이머스 히니 (Seamus Heaney)의 소네트 연작에서 가져온 것이다. 이 소네트는 제목이 없지만 제일 첫 행인 'When all the others were away at Mass(모두가 미사에 참석하러 떠났을 때)'가 제목 대신 쓰인다.